Глава первая. Альбом

В двенадцать лет папа остался без родителей, и тётя отдала его на обучение к портному Березовскому. У Березовских не было своих детей, и они относились к папе, как к своему сыну. Жили Березовские в большой четырёхкомнатной квартире на третьем этаже по улице Земской напротив вокзала. Квартира имела два входа – парадный и чёрный. Когда в советское время началась кампания по уплотнению, Березовский разделил квартиру пополам, оставив себе меньшую часть с чёрным входом, а папе (он уже был женат) отдал лучшую часть с парадным входом. К слову, когда вспоминаешь, что вытворяла советская власть, в голове не укладывается, как такое вообще возможно. Я не имею в виду именно кампанию по уплотнению. Было и похуже, и значительно хуже. Сейчас все всё знают, но, мне кажется, воспринимают так, как будто это было где-то совсем в другой стране, да и, вообще, было ли. В день папиной свадьбы Березовский подарил папе альбом для фотографий. Этот альбом был настоящее произведение искусства. Сейчас такие не делают. Это была книга большого формата с толстым переплётом, обтянутым синим бархатом, и толстыми же страницами. На бархате было барельефное из литого серебристого металла изображение идущей женщины в мифических развевающихся одеждах, над ней ангелочки. Углы обложки были отделаны таким же серебристым металлом. В левом верхнем углу была прикреплена медная полированная пластинка с гравированной дарственной надписью. Торцы страниц были также серебристого цвета. Сбоку альбом имел застёжку особой конструкции из такого же серебристого металла, что и барельеф. Я любил рассматривать этот альбом, трогал выпуклости барельефа, застёгивал и расстёгивал застёжку. На внутренней стороне обложки во весь её размер был портрет четы Березовских. Самого Березовского я не помню, а фотографию его помню хорошо. На фотографии Березовский меньше всего похож на традиционное представление о портном. Бритая голова, бритое же лицо, светлый костюм с галстуком, спокойный взгляд. Мне казался он больше похож на банковского служащего. У жены его были длинные волосы с пробором посреди, убранные назад в клубок, как часто в то время носили пожилые еврейские женщины. Когда я смотрел на эту фотографию, я всегда вспоминал их трагическую судьбу. Незадолго до войны его

4

жена умерла. С приближением немцев к Одессе мы начали собираться в эвакуацию, мои родители звали Березовского с собой, но он отказался. Он не верил в зверства немцев, о которых рассказывали беженцы. Он помнил немцев по первой мировой. Тогда немцы относились к евреям очень хорошо. Березовский остался. По рассказам соседей он послушно пошёл на сборный пункт, как было приказано. Согнанных евреев немцы заперли в бывших артиллерийских складах на окраине города и подожгли. Несколько дней из города было видно зарево и чувствовался запах горелого мяса...

Были мне интересны и другие фотографии в этом альбоме. Многие фотографии были сделаны очень фундаментально, хорошо ретушированные, на твёрдой бумаге, с узорами по контуру, с золотыми тиснёнными буквами. Люди, их одежда, мебель – явно не из нашей жизни. Всё это были родственники моих родителей. Многих уже не было в живых. Некоторых я знал и видел.

Судя по фотографиям, мои родственники были приличными состоятельными людьми. Среди прочих была фотография раввина, такой тоже был среди моих родственников. Живого раввина я никогда не видел, и мне было интересно рассматривать эту фотографию. Это был бородатый старик в ермолке в очень солидном каком-то не нашем сюртуке. Запомнилась мне фотография моей мамы в двухлетнем возрасте. В большом кресле с резными ручками сидела светловолосая кудрявая девочка, в платьице, с босыми ножками. Умиляли серёжки в ушках. Лицом она уже похожа на ту взрослую маму, которую я привык видеть в жизни. И всё-таки, трудно было представить, что мама была когда-то такая маленькая. Был и я в раннем детстве. Я был после тяжёлой болезни. Возле угла какой-то белой мебели стоял полный мальчик в коротких штанишках, с большим бантом на груди. Волосы мои тоже были светлы и кудрявы. Кстати, я ещё не похож на того, кого видел в зеркале. Была фотография маминой семьи в полном составе. Бородатый высокий мужчина, мамин отец и мой дед, мамина мама и пятеро детей. Моя мама самая старшая, ей на фотографии лет десять, двое младших братьев с разрывом в два года и двое крошечных близнецов. Один сидел на руках у маминого отца, другой у матери. Была и фотография жены и детей дяди Тони, маминого брата. Они остались в оккупированном Гайсине и также погибли. Посреди сквера в центре города немцы вырыли громадную яму и в ней закопали живьём евреев города. Среди них были тётя с детьми. Я вглядывался в их лица на фотографии, и в моих фантазиях они чудом избегали смерти. Мальчика, т.е. моего двоюродного брата, как и меня, звали Миша и, может быть, поэтому мне иногда казалось, что это я был на его месте. Об их судьбе дядя Тоня узнал от очевидцев. Часть, в которой воевал дядя Тоня, освобождала Гайсин. Соседи рассказывали, что ещё несколько дней земля шевелилась в том месте, и слышны были из-под земли стоны.

Потом появились фотографии военных лет. Дядя Тоня в офицерской шинели и в шапке, с большими рукавицами в руках. Он после ранения. Рукавицы заслоняли пальцы одной из рук, и мои родители, когда получили эту фотографию, думали, что так сфотографировано умышленно, чтобы не видно было, что нет пальцев. Потом выяснилось, что пальцы целы. Была также фотография дяди Яши, второго маминого брата. Он в морской офицерской форме среди своих сослуживцев. Была в альбоме уже фотография меня в годы войны. Я пострижен наголо, на мне рубашка из гимнастёрочной ткани. На этой фотографии я уже похож на себя.

Во время войны в эвакуацию среди немногих вещей мама забрала и этот тяжёлый альбом и тащила его через всю страну. После смерти родителей сестра оставила альбом у себя. Потом в суматохе отъезда в Израиль она отдала его кому-то из остающихся. Сейчас я очень жалею, что мы не сохранили этот альбом. Многое в молодости не кажется таким значимым, многое не ценишь, ни вещей, ни людей, ни их отношения к тебе, ни их рассказы о своей жизни. Я жалею, что мало расспрашивал родителей об их жизни и родственниках. А ведь их жизнь и их время ушли вместе с ними.

Когда я пытаюсь рассказать своим детям о прошлом, я вижу, что это их также мало интересует, как мало интересовало меня в моей молодости. Может быть, также и поэтому хочется перенести на бумагу то немногое, что я знаю о прошлом и ещё помню.

Дедушка Моисей

Моего дедушку, маминого папу, также, как меня, звали Моисей. Вернее, меня назвали в память о нём. Со слов мамы я знал, что он был рабочим, погиб в начале революции во время стычки с одной из банд и похоронен на Куликовом поле, так называли большую площадь возле вокзала, в братской могиле. Я очень гордился этим. Я помню, ещё там стоял памятник жертвам революции и гражданской войны, высокая стела с соответствующими надписями. Когда Сталин умер, а я стал взрослее, я узнал, что всё было не совсем так. На самом деле дедушка владел заводом по производству сельтерской воды. Так считалось в то время. В действительности это была по теперешним понятиям небольшая мастерская, в которой работал дедушкин брат и несколько рабочих. Они заполняли баллоны углекислым газом и развозили их по всей Одессе. Находился этот завод на Большом Фонтане, так назывался один из пригородов Одессы. По тем временам дедушка был довольно обеспеченным человеком. Он снимал большую многокомнатную квартиру в центре Одессы, старался дать детям хорошее светское образование. Мама, кстати, старшая из его детей, успела закончить семь классов гимназии. Перед началом первой мировой войны дедушка, опасаясь призыва в армию, оставил завод на брата и вместе с семьёй уехал за границу, сначала в Берлин, а затем в Лондон. Когда я узнал, что мама была за границей, я стал смотреть на неё совсем другими глазами. В то время среди моих знакомых я не знал никого, кто бывал бы за границей, тем более в Лондоне. К тому времени у дедушки было пятеро детей. Мама – старшая, ей было лет десять, два брата с разницей в два года и двое крошечных близнецов, которые вскоре умерли один за другим от какой-то болезни. Я помню фотографию тех лет.

На фотографии дедушка и бабушка сидят, на руках у них по близнецу, а вокруг старшие дети. Интересно, что мама и её братья, то есть мои дяди, уже узнаваемы. Когда война началась, Англия, союзница России, решила призвать подданных России в армию. Пришлось дедушке вернуться в Одессу. Пока он разъезжал туда сюда, война закончилась и началась революция. В то время Одесса часто подвергалась нападению различных банд. Как-то к Одессе подошла банда, кажется, атамана Зелёного. Получив отпор от рабочих дружин и ополченцев, банда двинулась по окраинам, громя милицейские участки и заодно и евреев. Когда дедушка узнал о приближении банды, он на извозчике поехал на завод, чтобы предупредить брата. Но было уже поздно. Банда орудовала вовсю. Дедушка с братом спрятались на берегу под обрывом, но знакомый мальчишка выдал их. Так они погибли. Когда тела привезли домой, на теле дедушки нашли всего одну ранку от штыка в области сердца. На теле же его брата не было ни царапины. Вероятно, он умер от страха, глядя, как убивают дедушку. Власти решили похоронить погибших как героев на Куликовом поле в братской могиле. Бабушка же хотела похоронить дедушку по еврейским обычаям и на еврейском кладбище, что она и сделала.

После смерти дедушки деньги быстро кончились, пришлось всё распродать и уехать в Умань, откуда бабушка была родом и где у них был свой дом.

P.S. О погроме рассказывали родители. А вот, что я прочёл у Бунина в недавно вышедших воспоминаниях.

"2 мая 1919г.

Еврейский погром на Большом Фонтане, учиненный одесскими красноармейцами.

Были Овсянико-Куликовский и писатель Кипен. Рассказывали подробности. На Б. Фонтане убито 14 комиссаров и человек 30 простых евреев. Разгромлено много лавочек. Врывались ночью, стаскивали с кроватей и убивали кого попало. Люди бежали в степь, бросались в море, а за ними гонялись и стреляли, – шла настоящая охота. Кипен спасся случайно, – ночевал, по счастью, не дома, а в санатории «Белый цветок». На рассвете туда нагрянул отряд красноармейцев, – «Есть тут жиды?» – спрашивают у сторожа. – «Нет, нету». – «Побожись!» – Сторож побожился, и красноармейцы поехали дальше."

Мы уже многое знаем о фальсификациях советской власти. Так что ничего удивительного нет, что тот погром свалили на какую-то банду.

Бутерброд с чесноком

Будучи в эвакуации в Алма-Ате, папа пристрастился к чаю. Чай для него стал и напитком, и едой, и лекарством. Он его употреблял во всех случаях. Когда просто хотел пить или есть, когда у него болела голова или живот, когда у него была температура. Если кто-то себя плохо чувствовал, папа тут же советовал попить чаю.

Готовил чай папа лично. Делалось это не спеша, обстоятельно и в строго определённой последовательности. Чай заваривался в специальном чайничке. Для настаивания чайничек ставился на открытый чайник с кипятком и накрывался полотенцем. Пока чай настаивался папа наливал в блюдечко кипяток, брал тонкий чайный стакан, клал его набок в блюдечко и осторожно поворачивал. Не знаю, зачем он это делал. Стакан и до этого был идеально чист. Наверное, он таким образом нагревал стакан.

Чаще папа пил чай вприкуску. Сахар он брал не глупый рафинад, а кусковой твёрдый, который папа накалывал специальными довоенными щипчиками. За один присест папа выпивал несколько стаканов чаю. В лучшие годы он один мог выпить чайник чаю. Напившись, папа откидывался на спинку стула, поглаживал живот и говорил на идиш одну и ту же шутку: «Если у меня лопнет живот, я опарю себе ноги». И радостно смеялся.

По утрам папа завтракал ломтиком чёрного хлеба с маслом и сладким чаем. Намазанный маслом хлеб папа слегка присаливал и нарезал ровными квадратиками. Квадратик хлеба - глоток сладкого чаю. Иногда, но не утром, папа готовил себе бутерброд с чесноком. Для этого отрезался от буханки белого хлеба ломтик с хрустящей бугристой

9

корочкой. Корочку он густо натирал чесноком с солью до пены, затем намазывал маслом и слегка присаливал. Запивался такой бутерброд сладким чаем. Чеснок приятно обжигал рот, а сладкий чай обострял вкус бутерброда. Когда я рассказываю кому-то о таком бутерброде, мне не верят, что чеснок и сладкий чай совместимы. Но вкус действительно божественный. Кстати, это легко проверить. Нужно только иметь белый хлеб с хрустящей корочкой и хороший чай. Ну, и, конечно, хороший чеснок и настоящее натуральное масло.

Недавно, уже здесь в Израиле, мне вдруг захотелось такой бутерброд. Я вынул из целлофанового пакета уже нарезанный тонкий ломтик белого хлеба с корочкой и попытался его натереть чесноком. Увы, ничего не получилось. Корочка не то что не хрустела, она была такая же мягкая, как мякиш. Тогда я нарезал зубчик чеснока на мелкие кусочки и вдавил их в хлеб. Затем я вынул из холодильника масло. Масло на хлеб не мазалось. Пришлось нарезать его тонкими пластинками, которые я уложил на хлеб. Так как соль показалась мне слишком мелкой, то я сомневался, не пересолил ли я. Тонкого чайного стакана в доме не оказалось. Пришлось взять кружку. Я налил в кружку кипяток, опустил туда пакетик чая «Высоцкий» и бросил таблетку сахарина. Сахар я давно не употребляю из соображений сохранения здоровья. Я оглядел бутерброд. Ломтик хлеба мне показался слишком тонким. Я вынул ещё один ломтик и положил сверху.

Что вам сказать? Удовольствия от такого бутерброда я не получил. Корочка не хрустела, кусочки чеснока, которые мне попадались на зуб, были горькими, масло всё ещё было твёрдым и я чувствовал, как я его кусаю, чай «Высоцкий» не имел ни запаха ни вкуса. О сахарине я уже не говорю. В довершение, вечером у меня началась изжога. Доктор рекомендовал мне принимать в таких случаях «гастро». «Гастро» действительно помогает, но мне почему-то не нравятся эти не похожие на лекарство мелкие красные таблетки и я выпил традиционные полстакана воды с содой. В будущем году я собираюсь в Одессу. Попробую ТАМ такой бутерброд. Если, конечно, там ещё сохранился ТОТ хлеб, ТО масло и ТОТ чай.

Будьте здоровы!

В двенадцать лет папа остался без родителей, и тётя, у которой папа жил, отдала его на обучение к портному Березовскому. С тех пор и до конца своих дней папа не расставался с иглой и нитками. Он стал хорошим портным. Шил он верхнюю женскую одежду, то есть пальто и костюм. Работал папа очень аккуратно, но несколько старомодно. Его клиентками были, в основном, женщины дородные. На них, кстати, и шить было легче. Работал папа закройщиком в ателье. На те копейки, которые папа получал, невозможно было содержать семью, и папа вынужден был подрабатывать дома. В то время работа на дому строго каралась. Папа боялся даже соседей, могли донести, и работал рано утром до ухода на основную работу. Помню, я просыпался часа в четыре, было ещё темно, а папа уже сидел в уголке и что-то шил. Когда папа заканчивал, он тщательно собирал все обрезки и ниточки, заворачивал в пакет и просил меня отнести подальше от дома и там выбросить в урну. Советская власть бдительно следила за тем, чтобы никто, не дай бог, не заработал больше какого-то минимума. Впрочем, отношения с советской властью – это особый разговор. Сейчас у меня нет желания говорить на эту тему. Я лучше расскажу о странной на первый взгляд папиной привычке. Во время работы он вдруг начинал чихать. Он мог подряд чихнуть десять и более раз. Его работницы, простые русские женщины, очень потешались над этой папиной особенностью. Папа не обижался и подсмеивался над собой вместе с ними. Когда папа начинал чихать, они бросали работу и громко хором начинали считать: раз, два, три, четыре…, надеясь, что в этот раз папа установит рекорд. Когда папа, вроде бы, заканчивал, одна из работниц деликатно спрашивала: «Это всё, Михаил Захарович?» Если папа говорил «всё», они хором же кричали: «Будьте здоровы!» И все весело смеялись.

Бедный папа. В то время даже не знали такого слова – аллергия, а у папы была элементарная аллергия на ткань, с которой он постоянно имел дело.

Моя сестра Мэм

Когда сестра родилась, её назвали Мара в память о бабушке. В паспорте же записали Мэри, как её все и называют. Однако родители всегда называли её Мара. Папа, который её очень любил, иначе, как Марочка, её не называл. Когда сестра стала старше, один из её поклонников назвал её по имени Мэм. Это имя так к ней приклеилось, что многие её друзья тоже стали называть её Мэм. Так и я к ней всегда обращаюсь. Мэм старше меня на шесть лет. Когда мне было двенадцать, сестре было уже восемнадцать. У нас часто собирались её друзья потанцевать под трофейный патефон, который однажды прислал нам из Германии дядя Тоня.

Мэри, Ада, я и Эфа

Я с сестрой Мэри

Я обслуживал этот патефон. Затачивал изношенные иголки, тогда ведь всё было дефицитом, склеивал появившимся в продаже клеем БФ ломающиеся пластинки. На удивление, склеенные пластинки играли, только постукивали на стыках. Пластинки тоже были трофейные, их тоже прислал однажды дядя Тоня. Для того, чтобы освободить место в комнате, стол опрокидывали на тахту. Туда же и я пристраивался. Так меня запомнили её подруги и потом при встрече вспоминали обо мне не иначе, как сидящим на тахте между ножками стола. Кроме танцев ребята играли в разные молодёжные игры.

Тогда модно было играть, в частности, в фантики. Сейчас такие игры были бы, наверное, наивными. Было очень весело, а мне всё было интересно. Я только не одобрял, когда в ходе игры надо было целоваться. Я считал, что первый раз целуются только на свадьбе. В то время начали возвращаться из армии ребята, и среди её многочисленных друзей и поклонников появились бывшие фронтовики.

Володя, так звали одного из них. Он служил во флоте и даже ещё одевался во флотскую одежду. Это был весёлый, общительный, хулиганистый и отчаянный парень. Настоящий морячок. Мама любила с ним поговорить и пообщаться. Особенных планов на сестру он не имел, понимая, что он ей не пара, но часто приходил к нам. У нас во дворе жила женатая пара, и с женщиной, похоже, Володя крутил роман. Однажды он показал нам красивый трофейный кинжал с орлом и свастикой. Носил он его на шнурке под рубашкой на случай обороны от бандитов. В то время в Одессе особенно расцвела преступность. Как-то он играл с другим парнем в шахматы, а я ему подсказывал. Наконец, он не выдержал и ляпнул:

- Что ты мне морочишь яйца? – тут же он рассмеялся и глянул по сторонам. Мне почему-то запомнился этот смешной эпизод. Как-то у него это так непосредственно получилось, совсем, как среди наших пацанов.

Через несколько лет началась корейская война, и Володя уехал, как тогда говорили, добровольцем. Перед отъездом он приходил попрощаться с мамой. Больше о нём ничего не было известно. Вероятно, он сгорел в той мясорубке.

Другой фронтовик сильно отличался от остальных. Он был старше, спокойнее и молчаливее. На орденских колодках у него кроме множества других наград было два ордена Красного знамени. В то время выше был только орден Ленина. Оказывается, он был лётчиком и лично сбил одиннадцать немецких самолётов и ещё два в совместном бою. Ещё бы немного и он заслужил героя. Сейчас мне приятно отметить, что он был евреем.

Среди ребят был настоящий скрипач. Когда по просьбе окружающих он играл на своей скрипке, я не мог понять, что хорошего в этих скрипучих звуках, тем более, что играл он классику. Позже, повзрослев, я начал понимать и любить скрипку.

Другой парень очень хорошо рисовал. Когда сестра болела, он развлекал её, рисуя комиксы из жизни сестры. Тогда ещё не знали такого термина, комиксы.

Крупного рыжеватого парня с типично еврейской внешностью звали Сёма.

Все ребята старались со мной заигрывать. Один из них подарил мне альбом с марками и катал меня на велосипеде. До сих пор я помню ощущение, когда я сидел на раме, и велосипед катил по булыжной мостовой.

Особенно близкими подругами сестры были Люба и Лиза. Лиза мне казалась очень красивой девушкой и нравилась мне больше остальных.

В их компании была ещё одна Мэри. Она была немного старше сестры, и мне казалась не очень красивой. Она напоминала мне княжну Мэри из "Войны и мира".

Сестра была весёлой энергичной красивой девушкой и имела много поклонников. Однажды я подслушал разговор сестры с мамой. Сестра рассказывала, что один из ребят признавался ей в любви и плакал.

- Мне так его жалко, - говорила сестра всхлипывая.

Но на удивление остальных она выбрала тихого, полноватого, начинающего лысеть, парня. Её ревнивые поклонники никак не могли понять, что она нашла в этом "телёнке", как они за глаза называли её избранника. И я тогда не понимал этого. Только позже я сумел оценить выбор сестры. Кстати, в дальнейшем они поженились.

Вообще, многие из этой компании потом переженились и продолжали дружить семьями. Лиза вышла замуж за Сёму, старшая Мэри – за нашего родственника Илюшу. В дальнейшем судьба разбросала всех по разным городам, а ещё позже, по разным странам.

Грустно обо всём этом вспоминать. Сейчас так не живут и не дружат.

Дядя Тоня

У мамы было два брата. Дядя Тоня был на два года младше мамы. Жил он с семьёй сначала в Умани, откуда мама была родом, а позже переехал в Гайсин. У него было двое детей. Старшую девочку звали Нэла и сын Миша, как видно, его как и меня назвали в память о дедушке. Дядя Тоня был кадровым офицером, и с начала войны сразу попал на фронт. С армией он сначала отступал, а затем дошёл до Кёнигсберга, где и закончил войну. Во время отступления его жена и дети остались в оккупированном Гайсине и были убиты немцами. В центре города немцы вырыли большую яму и в ней живьём закопали евреев города. Среди них была жена и дети дяди Тони. Когда дядя Тоня узнал о гибели семьи, он перестал дорожить жизнью и лез в самое пекло. Но смерть его не брала. Несколько раз он был ранен, но каждый раз возвращался на фронт. Один раз он был ранен тяжело. Пропеллер от сбитого самолёта попал дяде Тоне в спину. В результате через десять лет после ранения у дяди Тони начался паралич, вследствие чего он умер, когда ему ещё не было и пятидесяти.

Дядя Тоня

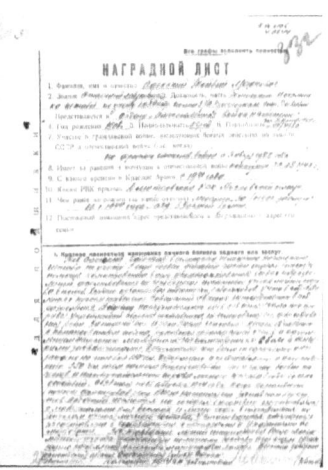
Наградной лист дяди Тони

Во время войны дядя Тоня присылал нам посылки с фронта, и один раз даже приезжал к нам в отпуск. Когда война кончилась, мы вернулись в Одессу. В нашей квартире уже жил важный офицер с семьёй, и мы временно поселились у наших бывших соседей. Кстати, во время эвакуации мама была у них в Краснодаре, и они её снабдили продуктами. Правда, мама отстала от нас, но потом с приключениями догнала. У этой семьи было две дочери. Нюся старшая и младшая Лида. Кстати, в последствии на Лиде женился папин двоюродный брат Моня. Сёстры заканчивали медицинский институт. По всей квартире были разбросаны человеческие кости, в углу стоял скелет, а на столе череп. Это были учебные пособия. Всё было настоящее, тогда ещё не делали муляжи. На некоторых из костей были даже фамилии и какие-то цифры и надписи. На ощупь кости были немного скользкие, вероятно от химикатов, которыми они были обработаны. Когда я сейчас вспоминаю об этом, мне как-то неприятно, а тогда я с ними игрался и ничего.

Вскоре к нам в отпуск приехал дядя Тоня. Он помог нам забрать оставшуюся нашу мебель, но о квартире нечего было и думать. Нам обещали выделить взамен другую, что вскоре и случилось. Дяде Тоне тогда было всего около сорока, и мои родители уговаривали его женится, чтобы не быть одному. В общем, он женился на Нюсе, а когда она закончила институт, она уехала к дяде Тоне в Кёнигсберг, где он продолжал служить. У них родился сын Аркаша. Через несколько лет дядя Тоня демобилизовался и вернулся в Одессу. Как я понимаю, семейная жизнь у него не ладилась. В памяти ещё была его прежняя жена и дети, которых он любил и тосковал по ним. Дядя Тоня начал работать в книжном магазине директором. Это был известный в Одессе магазин "Военная книга". Находился магазин на Дерибасовской. Я часто приходил туда, то мама меня посылала за чем-то, а то я и сам покупал там книжки. В это время издавалась популярная серия "Библиотека солдата и матроса". Я собирал эти книжки.

Прошло ещё какое-то время и у дяди Тони начали отниматься ноги. Он уже не мог ходить без костылей. Болезнь прогрессировала, и вскоре дядя Тоня уже не мог подняться с постели. Жена за ним плохо ухаживала, сын не слушался. Всё это, конечно, сокращало его жизнь. После очередного посещения дяди Тони я слышал как мои родители обсуждали свой визит. Дядя Тоня, молодой ещё мужчина, прошедший войну от начала до конца, жаловался моим родителям, плакал и просил забрать его. Пока родители решали, что делать, дядя Тоня умер. Ему было около пятидесяти.

Тогда я мало что понимал, а сейчас, вспоминая обо всём, я не могу сдержать слёз. Жалко дядю Тоню, его первую жену и детей. Дети были примерно одного возраста со мной и моей сестрой, и я их видел только на фотографии да и ту не сберегли.

Дядя Яша

Дядя Яша, мамин младший брат, как я уже писал, был кадровым офицером. Служил он на Дальнем востоке в морской контрразведке. Он был что-то вроде начальником отдела кадров. У нас была довоенная фотография, на которой дядя Яша вручает какие-то награды морякам. После двадцати лет службы его отправили в отставку в звании подполковника. Таким образом, его лишили военной пенсии, и таким образом лишили всяких средств к существованию. В то время для получения военной пенсии надо было отслужить двадцать два года. Дядя Яша был членом коммунистической партии с 1929 г. и, естественно, сталинистом. Мой папа же ненавидел советскую власть, как говорится, всеми фибрами души. Когда они встречались, между ними завязывался разговор, в котором дядя Яша защищал советскую власть и всегда находил объяснения всем безобразиям и преступления советской власти.

- Видишь, как твоя власть отблагодарила тебя? – говорил папа, имея в виду преждевременную отставку. Дядя Яша отмалчивался. После отставки дядя Яша с семьёй переехал в Одессу. Ему выделили двухкомнатную квартиру почти в подвале и устроили на работу начальником отдела кадров одесского порта с зарплатой намного меньше, чем он получал в армии. В результате, его коммунистические взгляды сильно поубавились.

Сайт ВГД.
Архивная справка по Одесскому Я.М.
Центральный архив Министерства Обороны (ЦА МО)
11-й отдел. Учетно-послужные карточки (УПК).

1. ФИО - **Одесский Яков Моисеевич.**
2. Год и место рождения - 2 января 1908 г., г.Умань Киевской области.
3. Национальность – еврей.
4. Член ВКП(б) с 1929г., партбилет № 1898596.
5. Социальное положение: рабочий.
6. Профессия: столяр.
7. Семейное положение: женат, 2 детей.
8. Гражданское образование: Вечерняя образовательная школа,1928-1930гг.
9. Присвоено воинское звание подполковник , 5.11.1944г., Приказ НК ВМФ № 117/сш.
10. Военное: Военно-политическая школа им. Фрунзе – отлично, 01.04.1933г.
11. Партийное: Вечерний университет марксизма-ленинизма, отлично, 1950г.
12. Участие на фронтах: Против императорской Японии, 1945г.
13. Ранения или контузии: Нет.
14. Правительственные награды:
 -Орден Отечественной войны II ст. – 31. 08.1945г.
 -Орден Красной звезды10.11.1945г.
 -Орден Знак Почета – 29.01.1944г.
 и 5 медалей.

Мой брат Вовка

Сына дяди Яши звала Владимир, Вовка, как мы его называли. Из всех детей нашей семьи он был младшим. Как все гениальные дети, он был немного странным. Не по возрасту высокий, нескладный, очень серьёзный, задумчивый и молчаливый, а, если и говорил, то удивлял взрослых. Голову он наклонял немного набок. Через много лет выяснилось, что это не была просто привычка. Уже с раннего детства у него зрела неизлечимая болезнь. Это был человек исключительных способностей. Память его была феноменальна. Уже взрослым он мне как-то жаловался, что номера телефонов, машин или троллейбусов, которые хотя бы раз попадались ему на глаза, запоминались автоматически на всю жизнь. Учился он играючись и всегда на одни пятёрки. Так было и в школе, и в техникуме, и в институте, и в аспирантуре. В техникуме он подружился с девочкой, а после окончания института решил на ней жениться. Его родители и все родственники были в ужасе. Мало того, что она была русская, так её мама ещё была дворничихой. Можете себе представить, что это было для наших благородных родителей? В общем, по назначению они разъехались в разные города нашей необъятной страны. Она с горя вышла замуж за другого, потом развелась. Кончилось тем, что через три года Вовка с этой девочкой вернулись в Одессу уже мужем и женой. Родители смирились и даже ходили знакомиться с её мамой. После окончания аспирантуры Вовка с женой уехали по назначению в Ташкент, а потом перебрались в Москву. У них родился сын. Жили они, как говорится, дай бог каждой семье так жить. Несколько раз я был проездом у них в гостях. Всё было хорошо, но чувствовал я себя как-то неуютно. Приходилось всё время быть настороже, чтобы не ляпнуть что-нибудь не то.

Элла, Вовка, Ада, Эфа и я

Мэри с внучками Милой и Леной

Прошли годы, и случилась беда. У Вовки на шее обнаружили опухоль. Ему сделали операцию, лечили, возили даже в Америку и испытывали на нём какое-то новое лекарство. Сначала, вроде бы, наступило улучшение, но потом началась сильнейшая аллергия, и лечение пришлось прекратить.

Он бы младшим из нас, а ушёл первым.

Когда дяде Яше сообщили о смерти сына, он даже не понял, о ком говорят. В это время дяде Яше было уже под девяносто, у него был сильнейший склероз, и он уже никого не узнавал.

Счастливый человек. Не дай бог пережить своих детей и понимать это.

Эфа

Умерла Эфа, моя троюродная сестра. Она родилась в один и тот же день и год, что и я. Мы жили в одном дворе и росли вместе, но я почему-то не помню её ребёнком. Помню её уже созревшей красивой девушкой. Она была чрезвычайно женственна. Это было, наверное, в классе восьмом. Мы тогда часто собирались компанией у нас в квартире. У неё же была своя компания с более взрослыми ребятами. Иногда она заходила и к нам. Помню, как она учила меня танцевать, как смеялась над моей робостью и требовала обнимать себя крепче. Тогда впервые я почувствовал, что обнимаю настоящее женское тело. Это ощущение было для меня новым и волнительным. Постепенно я осмелел и, танцуя с ней, чувствовал себя уже не мальчиком, а мужчиной. Танцевала она очень хорошо, казалось, улавливала мои мысли, никогда не сбивалась, впечатление было, что я танцую сам с собой.

После окончания школы Эфа быстро вышла замуж и уехала к мужу в другой город. Лет через десять она приезжала по делам в Одессу, и гостила у нас на даче. Перед отъездом мы засиделись в саду до поздней ночи, болтая, как говорят в Одессе, за жизнь. На следующий день она уехала. С тех пор мы не виделись. Несколько лет тому назад я узнал, что она в Германии. Сестра с ней перезванивалась. Эфа расспрашивала обо мне, передавала привет, просила, чтобы я позвонил. Я всё откладывал, и вот не успел.

В моей памяти она осталась такая, какую я видел её сорок лет назад, молодая и красивая, и у меня не укладывается в голове, что её уже нет.

Илюша

Илюша был нашим родственником. До войны мы жили в одном дворе. Мы на третьем этаже, они, напротив, на первом. В детстве Илюша сильно испугался и с тех пор заикался. Он был старше меня лет на десять. С возрастом разница стала не так заметна, я говорил ему "ты" и считал старшим братом. Начал он войну юным лейтенантом командиром взвода, а закончил командиром батальона. Когда Илюша демобилизовался, его пиджак украшали несколько рядов орденских планок. Дитя войны, я отлично разбирался в наградах и оценивал человека по количеству и качеству наград. Среди Илюшиных наград я увидел орден Красного Знамени (в то время это был второй по значимости орден после ордена Ленина), орден Александра Невского, два ордена Отечественной войны, скромный орден Красной Звезды и множество медалей. Кто-то при мне спросил его, какая из наград ему дороже и досталась труднее, и он указал на орден Красной Звезды. Он получил его в самом начале войны, когда они стояли насмерть в течение двух дней непрерывных кровопролитных боёв. Не чувствуя страха, он с пистолетом в руке метался от одного солдата к другому, чтобы ни одна падла, как он выразился, без команды не оставила позицию. В конце войны за такой же подвиг могли дать и героя, но вначале орденами не баловали. Зная Илюшу, мне трудно было представить, как мог тихий заикающийся еврейский мальчик удержать паниковавших солдат. Через много лет я получил ответ на этот вопрос. Я тогда работал на заводе в отделе главного технолога, а Илюша на том же заводе был начальником громадного литейного цеха. В его подчинении было почти 800 одесских работяг. Я не встречался с ним по работе, но однажды мне нужно было что-то передать ему от мамы, и я пришёл в литейный цех. Подходя к кабинету начальника цеха, я через распахнутую настежь дверь услышал зычный Илюшин голос. Не выбирая выражений, он отчитывал группу рабочих. Его голос перекрывал грохот литейного цеха. Я никогда до этого не слышал, чтобы Илюша выражался. Но ещё больше меня удивило то, что он совсем не заикался. В растерянности я стоял перед открытой дверью и не знал, что делать: уйти незаметно или, наоборот, показаться Илюше на глаза. Пока я размышлял "беседа" закончилась и рабочие, успокоенные и весёлые, разошлись. Илюша заметил меня и виновато сказал: "С ними иначе нельзя". И опять я удивился. Разговаривая со мной, Илюша опять заикался.

Вероятно, так же во время грохота боя, среди своих он превращался из тихого заикающегося еврея в уверенного и сильного командира.

Литвин Илья Абрамович
Год рождения: __.__.1924
ст. лейтенант
в РККА с __.__.1942 года
место рождения: Украинская ССР, Одесская обл., г. Одесса
№ записи: 1377548797

Перечень наград

1 8/н 11.07.1943 Орден Красной Звезды

2 60 31.12.1943 Орден Отечественной войны II степени

3 126 30.09.1944 Орден Красного Знамени

4 108/н 09.06.1945 Орден Отечественной войны I степени

Дядя Беня

Среди немногих папиных родственников, которые часто бывали у нас, была его двоюродная сестра Соня с мужем и дочерью. Её мужа звали Беня, Бенцион или просто Беньчик, как часто звал его папа. Это имя меня несколько смущало и озадачивало. Дело в том, что словом "беня" мои родители почему-то называли мою письку. Как часто бывает, дядя Беня был нам большим родственником, чем тётя Соня. Мои родители его очень любили. Когда он приходил к нам, мама старалась его угостить чем-то вкусным, он, кстати, любил поесть и всегда хвалил мамину кухню, а папа начинал расспрашивать о новостях. Словом, он был настоящий родственник, любимый и любящий. Это был статный красивый мужчина, всегда чисто выбритый, хорошо одетый, но с некоторой показной небрежностью. Он был настоящий одессит, хохмач, и всегда у него в запасе был свежий анекдот. Как говорил папа, дядя Беня был гешефтмахер, по современному - бизнесмен. Как, опять же, говорил папа, дядя Беня "делал дела". Какие же дела можно было делать при советской власти? Оказывается, можно было. Вот один маленький пример. Артель, в которой дядя Беня работал в то время, кроме всего прочего шила трусы. Простые семейные трусы. В трусах, естественно, была резинка. Резинку нарезали из широкой резиновой ленты. По стандарту резинка должна была быть 6 мм шириной. Дядя Беня предложил нарезать её 5 мм шириной. Трусы не пострадали, а, учитывая, что шили их несметное количество, экономия получалась солидная. Это было простое рацпредложение. Весь фокус был в том, что об этом, кроме руководства артели, никто не знал, а всю выручку они делили между собой. Мой папа, в общем, человек боязливый, пытался отговаривать дядю Беню "делать дела", но дядя Беня всегда только отшучивался. Мои родители очень переживали за него, говорили об этом с тётей Соней, но её позиция была несколько своеобразной и неожиданной для моих честных родителей. Не страшно, даже, если Беня сядет, говорила она, он обеспечивает семью, а это главное. Мои родители очень осуждали её за такую позицию и часто обсуждали между собой этот вопрос. Самое интересное, что дядя Беня дожил до старости, ни разу не сидел, и умер, как говорится, в своей постели.

Я вспомнил эпизод из моего детства. Ещё до войны я болел воспалением лёгких. Антибиотиков тогда ещё не было, поэтому болезнь протекала очень тяжело. Я был, можно сказать, одной ногой на том свете. Дело было зимой и, несмотря на холод, врач сказал поместить меня в отдельной комнате, всё из комнаты вынести, открыть окна, меня укутать, и, кроме всего прочего, давать мне ежедневно стакан сока из лимона и апельсинов. Достать лимоны и апельсины зимой в Одессе было невозможно, а дядя Беня был в это время по делам на Кавказе, и он присылал нам оттуда посылки с цитрусовыми. Как говорили родители, если бы не эти посылки, я бы не поправился.

Дядя Беня был настоящий хозяин. Деловой, умный, смелый, предприимчивый. Я как-то встретил его на Дерибасовской. Он шёл не спеша, степенно раскланивался с многочисленными знакомыми. Одет он был, как всегда, с иголочки, в дорогой костюм, поверх костюма макинтош нараспашку, в углу рта дорогая папироса. Настоящий хозяин! Собственно, он и был одним из хозяев города.

Дядя Лёня

Другой наш родственник, который появился в нашей жизни позже и который чем-то напоминал дядю Беню, мой тесть. Многочисленные родственники звали его дядя Лёня. Так он у меня и остался в памяти.

Здесь я хочу предварительно рассказать о его деде Григории. Мне кажется это важно. Итак, Григорий, как я уже говорил, был дедом дяди Лёни. Родился он примерно в 1830 году. Григорий был православным. Он рано лишился родителей и бродяжничал по сёлам Украины. Однажды он попал в имение одного помещика и там уже остался жить. Он был не по возрасту высокий и сильный, и в пятнадцать лет помещик отдал его в солдаты вместо своего крепостного.

Дядя Лёня с женой
(родители Ады)

Орден Красной Звезды

Служил и воевал Григорий хорошо, о чём свидетельствовали его награды. Он был награждён тремя георгиевскими крестами и четырьмя медалями. В конце службы он был направлен в царский охранный гвардейский полк, где и закончил свою службу. Он дослужился до подпрапорщика, высшего унтер-офицерского звания, и при увольнении из армии указом Государя Императора получил персональное дворянское звание. Жаль только, что оно не передавалось по наследству. Прослужил Григорий в армии положенные 25 лет. После увольнения из армии Григорий направился в родные края. По дороге он сильно заболел, был при смерти. В это время он находился возле какого-то еврейского местечка, и его выхаживала еврейская семья. Кончилось это тем, что он влюбился в хозяйскую дочь и затем женился на ней, приняв предварительно иудаизм. Жили они в селе Червонное, что в житомирской области. Григорий купил хлебопекарню и до конца жизни выпекал и продавал хлеб. Один из сыновей Григория, Абрам, и был отцом дяди Лёни. Дожил Григорий до глубокой старости и умер в двадцатых годах.

А вот эпизод из жизни Григория, рассказанный его правнуком. Однажды во время конфликта с местным помещиком один из сыновей Григория подстрелил кого-то из людей помещика. Григория хотели судить, но судить георгиевского кавалера и дворянина можно было только с разрешения царя, а царь такого разрешения не дал. Так что конфликт закончился для Григория благополучно.

Дядя Лёня, вероятно, от своего деда, как сейчас говорят, получил гены. Так же, как дед, дядя Лёня был человек богатырского телосложения, смелый и предприимчивый. Он прожил короткую, полную приключений, можно сказать, героическую жизнь. В начале войны он окончил краткосрочные офицерские курсы, и служил в морской пехоте. Во время одного из налётов на порт, на корму баржи со снарядами, стоящую у причала, упала зажигалка. Дядя Лёня ещё с одним матросом сбросили с кормы за борт все ящики со снарядами и тем предотвратили взрыв в центе порта. За этот подвиг дядю Лёню представили к герою, но наградили орденом, как мне кажется, в связи с пресловутым пятым пунктом. Он также участвовал в спасении Севастопольской панорамы. По рассказам его жены (кстати, сам дядя Лёня рассказывал о себе очень неохотно, может быть, оттого, что жизнь научила его поменьше, так сказать, болтать), он с отрядом матросов резали картину ножами на куски, сворачивали в рулоны и на подводах вывезли из окружённого Севастополя. Похоже, что это так и было. Через много лет, когда дяди Лёни и его жены уже не было, мне попалась на глаза недавно вышедшая книжка, в которой подробно описывались эти события. Всё было так, как рассказывала его жена. В книжке перечислялись пофамильно все участники этой операции. Всё русские и украинские фамилии. Дяди Лёни в этом списке не было, как я понимаю, по причинам, о которых я расскажу ниже. После одного из боёв дядя Лёня с группой бойцов выбирался из окружения. Как известно, немцы расстреливали офицеров, коммунистов и евреев, а дядя Лёня был и офицером, и коммунистом, и евреем. Поэтому, опасаясь плена, он закопал свои офицерские погоны, награды, партбилет и другие документы в одном из сараев. Затем и в самом деле попал в плен. Колонну пленных конвоировали румыны. Когда они проходили через какое-то село, дядя Лёня спрятался в сарае, переждал до ночи и, в конце концов, сумел добраться до своих. Его, естественно, разжаловали, исключили из партии, лишили всех наград и отправили служить в штрафной батальон. Служил он в разведке, прошёл всю войну и, как это иногда бывает, даже не был ранен. Всё это время он не имел права писать письма, и родственники считали его погибшим. Каково же было их изумление, когда через год после окончания войны он вернулся целым и невредимым. Он пытался восстановится в партии, писал письма наверх, но безрезультатно. Более того, за какую-то из афёр, а он был предприимчивый и рисковый, его посадили на пару лет. После тюрьмы он несколько успокоился и работал замдиректора по реализации в одном из совхозов под Одессой. Он придумал возить овощи в Мурманск. Там те же огурцы стоили в десятки раз дороже. Всё было официально, и власти даже поддерживали такое начинание. Не забывал дядя Лёня, естественно, и себя. Кроме зарплаты он получал ещё и трудодни. В конце года на трудодни ему причиталось пару тонн овощей. Эти овощи он тоже продавал в Мурманске. Дядя Лёня зарабатывал огромные деньги и всё почти что законно. В делах он напоминал русского купца из пьес Островского. Мог хорошо выпить, был добр и щедр. Своих близких и знакомых одаривал подарками и деньгами. К деньгам относился, как к бумажкам. Его карманы были набиты смятыми купюрами. Когда ему нужны были деньги, он запускал свою огромную ладонь в карман и вытаскивал в кулаке ком смятых бумажек. В Мурманске у него была русская женщина. Когда дядя Лёня заболел, он вспоминал о ней, упрекая свою жену в невнимательности и равнодушии. Когда дядю Лёню хоронили, пришло уйма народу. Женщина из Мурманска тоже была на похоронах и деликатно держалась в отдалении. Гроб с его телом, несмотря на запрет, несли на руках через весь город до самого кладбища. Я впервые видел, как незнакомые мне женщины бились в истерике, причитали, рвали на себе одежду, просили бога, чтобы он их тоже взял к себе. Зрелище, должен сказать, жуткое. Впрочем, возможно, что некоторые из них были профессиональными плакальщицами, нанятыми в синагоге. Хотя, кто его знает...

Через год после его смерти я помогал делать ремонт и, расчищая антресоль, среди прочего хлама нашёл небольшой грязный старенький чемоданчик. Чемоданчик был буквально набит деньгами. Они были в аккуратных пачках, как в американских гангстерских фильмах. Столько денег я никогда ни до ни после не видел. К моему удивлению, жена дяди Лёни начала его некрасиво ругать, что обычно не делают по отношению к умершему. Дело в том, что это уже было после известного обмена денег. И всю эту кучу денег можно было только тихо выбросить. Я думаю, что дядя Лёня просто не успел рассказать об этих деньгах. Ему не рассказывали, чем он болен, а он наивно верил, что у него, как ему говорили, плеврит, и смерть для него была неожиданна. В этом же чемоданчике лежал короткий немецкий нож в поношенных кожаных ножнах. С разрешения жены дяди Лёни я взял его себе на память. Я всегда любил оружие, а к этому ножу, зная где служил дядя

Лёня, относился особенно. Я прятал его от посторонних глаз, любил подержать его в руке, чистил появившуюся ржавчину. Когда мой брат после окончания института уезжал по назначению в Сибирь, я в порыве романтических чувств подарил ему этот нож. О чём потом жалел. Брат не знал историю этого ножа (я тогда не считал себя вправе всё рассказывать), поэтому не дорожил им и после возвращения в Одессу даже толком не помнил, куда нож подевался.

Когда я вспоминаю дядю Лёню, я который раз жалею, что не расспрашивал его подробно о его жизни и приключениях.

Кукулянский Лазарь Абрамович 1909г.р.
Звание: мл. командир
в РККА с 24.06.1941 года Место призыва: Ворошиловский РВК, Украинская ССР, г. Одесса, Ворошиловский р-н
№ записи:47011650 Архивные документы о данном награждении:
I. Приказ(указ) о награждении и сопроводительные документы к нему
Орден Красной Звезды
Подвиг:
За время борьбы с немецкими ордами-фашистами, проявил себя отважным боевым командиром.

6-го августа 1941г. Во время возникновения пожара воинских эшелонов от бомбёжки самолётами противника на ст. Застава 1-я Одессы, тов. Кукулянский со взводом был выброшен на ликвидацию пожара. Увлекая весь личный состав взвода за собой, под взрывом снарядов растаскивали вагоны и спасли 16 вагонов из горящего эшелона с артснарядами.

8-го сентября в артскладе «Лермонтовского курорта» после бомбёжки самолётов противника от взрыва бомб возник пожар. Тов. Кукулянский возглавил группу бойцов на ликвидацию пожара. Два штабеля со снарядами и один с патронами быстро были перенесены в другое место от рвущихся и горящих снарядов и пожар был ликвидирован.

11-го сентября 1941г. во время разгрузки пароход «Крым» в порту Одесса противник обстреливал пароход дальнобойной артиллерией.

Один снаряд противника попал в штабеля артснарядов. Начался пожар. Тов. Кукулянский не растерялся под взрывами снарядов, схватил огнетушитель и ликвидировал пожар. После ликвидации пожара вынес из опасного места десять раненых бойцов.

P.S. Я переписал наградной лист так, как он был написан.

Тётя Бетя, Милька и Васька

Васька здесь не при чём. Это был наш кот, который прославился во дворе как ворюга и разбойник. Как-то тётя Бетя пришла к нам и с возмущением начала говорить, что наш Васька украл у неё курицу. Сама она не видела, но видела соседка, как какой-то кот залез к ним на балкон и утащил только что принесённую с базара курицу. Естественно, подозрение пало на Ваську. "Как это может быть, - сказала мама, - если Васька целый день не выходил из дому и сейчас дрыхнет под кроватью". "Может быть, соседка ошиблась", - в нерешительности сказала тётя Бетя. И в этот момент из-под кровати выходит наш Васька и независимой походкой через всю комнату идёт к двери. А в углу рта у него торчит застрявшее в зубах пёрышко. Когда страсти улеглись, мама вытащила из-под кровати ещё целую немного потрёпанную курицу.

Тётя Бетя была наша родственница. Это была полная черноволосая всегда готовая посмеяться жизнерадостная приятная женщина. Никто никогда не видел её плачущей или даже грустной. А поводов для, мягко говоря, плохого настроения у неё было больше, чем достаточно. Муж её работал такелажником и как-то упал с высоты и год после этого лежал в гипсе с повреждённым позвоночником. Но главная беда был её младший сын Миля. В восемь лет у него вдруг появился сахарный диабет и он вынужден был каждый день колоться инсулином. Жестокие дети прозвали его Милька-сахар. Он перестал расти и прожил, бедняга, всего до восемнадцати лет. После всех этих несчастий характер у тёти Бети не изменился, только её роскошные чёрные волосы поседели.

В детстве, как сейчас бы сказали, Милька был настоящим террористом. Всё, что попадало ему в руки, он ломал. Причём, делал он это из чистого любопытства, а не из вредности. Как говорил мой папа, он пытался разобраться, "откуда ноги растут". Тётя Бетя поставила замки на все двери и носила с собой огромную связку ключей. Переходя из одной комнаты в другую, она закрывала за собой дверь на ключ. Так же она поступала с дверцами от шкафов. Когда она слышала, что Миля затих, она тут же бежала посмотреть, что он ломает на этот раз. О его детских приключениях можно писать анекдоты, как об известном Вовочке.

Однажды тётя Бетя услышала, что её зовёт соседка. Она выглянула в окно и соседка неторопливо спросила: "Бетя, у вас много яичек?" "Да, - ответила тётя Бетя, - я только сегодня купила целую корзинку. Вам нужно?" "Да нет. Посмотрите только, что Миля на балконе делает." С нехорошими предчувствиями тётя Бетя выскочила на балкон и обомлела. Миля брал яйцо из корзинки и задумчиво опускал его с третьего этажа на землю. Проследив за результатом, он брал следующее и также опускал его. Под балконом уже образовалась солидная лужа из разбитых яиц.

В другой раз тётя Бетя услышала из туалета Милькин плач. Она бросилась к туалету, но дверь была заперта изнутри на задвижку. "Что случилось? Открой сейчас же," - вскричала тётя Бетя. "Она не открывается," - сквозь слёзы ответил Миля. Тогда тётя Бетя начала объяснять, как открыть, но у Мили ничего не получалось. Провозившись с полчаса, тётя Бетя с раздражением сказала: "Раз ты такой нехороший, теперь всё время будешь в туалете". Милька заревел ещё громче. И вдруг затих. "В чём дело?" - заволновалась тётя Бетя. "Если вы меня не выпустите, вы тоже не сможете зайти в туалет, когда вам надо будет," - ответил Миля.

Миля очень не любил ходить в садик и однажды, чтобы не пойти в садик, засунул свои сандалики в телевизор за крышку. Тётя Бетя перерыла всю квартиру и только тогда, когда тётя Бетя сказала, что уже всё равно поздно идти в садик, Миля показал, где сандалики.

Я вспомнил случай из жизни мужа тёти Бети. Её мужа звали Абрам, т.е. Абраша. Дядя Абрам приходился двоюродным братом моей маме. Во время войны он служил в пехоте, дошёл до Берлина. Закончил войну сержантом и был награждён в основном медалями. Я видел его фотографию в вылинявшей гимнастёрке и лихо надетой пилотке. Он был похож на Бернеса из фильма «Два бойца». Как в то время говорили, это был простой русский солдат. Так вот, эпизод из жизни простого еврейского солдата. Это случилось в начале войны. Их часть попала в окружение. Последнее начальство со своими вещами погрузилось на грузовик и собиралось бежать, бросив своих солдат. Дядя Абраша просил вывезти его хотя бы на пару километров, так как он неминуемо был бы расстрелян немцами, но его не брали: надо было оставить что-то из вещей, чтобы освободить место. Тогда дядя Абраша направил автомат на колёса и крикнул, что прострелит шины, если его не возьмут. Так он избежал плена и, естественно, смерти.

И ещё один эпизод. На один из моих дней рождения дядя Абраша подарил мне набор слесарных инструментов. Это были настоящие профессиональные инструменты и для меня, любившего мастерить, это был неоценимый подарок. Интересно, что некоторые инструменты сохранились до настоящего времени, и я продолжаю ими пользоваться.

Наши соседи

Нашими соседями по коммунальной квартире была семья Штеренберг – мать и трое детей, все мальчики. Их мать ходила всегда с повязкой на голове. «У меня в голове кипит чайник», - жаловалась она маме. Когда мы поселились в этой квартире, старшему было уже за тридцать, а младшему лет восемь. Наши и их комнату разделяла закрытая двухстворчатая дверь. С нашей стороны дверь закрывал только шкаф. Поэтому мы слышали всё, что происходило у соседей. Когда у нас устраивали какое-то гуляние, шкаф отодвигали, открывали дверь и расставляли столы так, что они начинались в нашей комнате, проходили через дверь и заканчивались в комнате соседей. На её детях совершенно чётко было видно, как наследственность влияет на детей. Старший, Алик, был от первого мужа. Всё, что могло быть плохого в человеке, было у него, начиная от здоровья, и кончая характером. Его редкие волосы были прилизаны, а на лице была постоянно лисья улыбка. Напоминал он хорька или что-то очень противное. Свою мать он называл *коровой*, и это было ещё самое приличное в его лексиконе. Кстати, у него был хороший слух, и он всё время что-то напевал. Двое других детей были от второго мужа. Это были крепкие здоровые ребята. Вскоре Алик уехал из Одессы. Иногда он приезжал. Он не рассказывал, чем занимался. Вроде бы, он работал администратором в каком-то провинциальном театре. Однажды Алик приехал с очередной женой. Это была тощая русская женщина, вероятно, актриса. Они привезли с собой карликовую японскую собачку, с которой постоянно возились. То она болела, и надо было показать её ветеринару, то ещё что-то случалось. Постоянно её держали на руках, боясь что на неё могут наступить. Кормили её специальной едой. Я, который привык иметь дело с нормальными животными, относился к ней очень презрительно. Привезли они также переносной приёмник. Это был ещё ламповый приёмник. Величиной он был с небольшой чемоданчик. На его наклонной шкале было написано Telefunkin. Я тогда уже увлекался радиотехникой и буквально прилип к этому приёмнику. В другой раз Алик привёз уже транзисторный японский приёмник. Это была непривычно маленькая коробочка и две миниатюрные колонки. Кстати, звучали эти колонки очень хорошо.

Боре, так звали среднего сына, было уже лет двадцать. Это был сильный здоровый парень с пышной рыжеватой шевелюрой. Вскоре он женился и переехал к жене. Работал он шофёром. Когда я читал Бабеля, я представлял внешность его персонажей, как внешность Бори. Однажды в его присутствии шумел какой-то жлоб. В его ругани кроме матерщины мелькали слова *жид, жиды* и т.п. Боря подошёл к нему и так ударил, что этот гад упал в подвал и пришлось вызывать скорую помощь. Борю потом вызывали в милицию, там ему угрожали и говорили с ним на повышенных тонах. Но Борю нельзя было запугать, и он отвечал им также в повышенных тонах. Потом это дело замяли. Тогда ещё власть старалась не сильно афишировать антисемитские дела.

Младший из детей, Жорик, вскоре превратился в высокого крепкого парня. Их мать к тому времени уже умерла, и Жорик жил один со своей подругой. Звали её Галя. Галя была высокая красивая девушка. Она напоминала латиноамериканку. Гладкие чёрные волосы были убраны назад, чёрные глаза блестели. Галя занималась хозяйством, дружила с моей мамой, консультировалась с ней по поводу приготовления пищи. Жорик работал мастером на какой-то фабрике. Зарабатывал большие деньги, возможно не совсем легально, так как вскоре директора фабрики и некоторых сотрудников арестовали. В их числе был и Жорик. Когда следователи пришли с обыском, они удивлялись, что в доме ничего ценного не было. Вероятно Жорик предусмотрительно хранил ценности в более безопасном месте. На допросах Жорик вёл себя так, как и положено в их среде, не сдал своего хозяина, взял на себя всё, что было незаконно в его цехе. За это позже какие-то незнакомые люди, вероятно по поручению бывшего начальника, приносили Гале деньги и всячески поддерживали её. Потом, когда Жорик вышел, ему передали очень большую сумму. Вероятно, его начальник крутил колоссальными деньгами, и Жорик уберёг его от огромного срока. Когда шло следствие, Галя рассказывала маме, как следователь уговаривал её рассказать о Жорике всё, что она знает, и даже оговорить его. «Что ты, русская красивая девушка, защищаешь этого жида?» - говорил он проникновенно. Галя говорила маме, что будет ждать Жорика. Однако, так как она не была официально расписана с Жориком, её вскоре выселили. Ещё некоторое время Галя приходила к нам поболтать с мамой, рассказать ей новости. Однажды она пришла просить у мамы совета. Ей было уже около тридцати, и к ней сватался хороший парень, моряк дальнего плаванья. «Жорика ждать ещё много лет, когда же я буду рожать?» - говорила Галя. В общем, она вышла за этого парня замуж. Мне Галя нравилась, и я подарил ей одну из первых своих картин, выполненных маслом. Это была копия картины Ренуара «Девушки в чёрном». Когда Жорика освободили, он при первой возможности уехал в Израиль к Боре, который уехал ещё раньше.

С другой стороны нашей квартиры жила, можно сказать, типичная еврейская семья: муж с женой, бабушка и двое детей. Девочка была года на два младше меня. Это была черноволосая черноглазая не по возрасту развитая девочка, и я с интересом отмечал её формы. Мальчик же был совсем сопливый. Девочку звали Роза, а мальчика Сёма. Постоянно я слышал крики у них. Нас разделяла стена, и было хорошо слышно, когда они кричали. В то время всем было плохо, все жили в страхе, и я обратил внимание, что при этом русские глушили себя водкой, а евреи вымещали все свои беды на свою семью. Я хорошо знал идиш, и, прислушиваясь к их проклятиям, удивлялся их виртуозности. Это была настоящая своеобразная литература. Жалко, что я ничего не запомнил. Помню только, что под конец скандала, хозяин кричал: "Дайте мне нож! Я не могу уже так жить!" Я тогда злорадно думал: "Может быть, и в самом деле дать ему нож?" Когда мне надоедали их крики, я стучал по стене, и крики прекращались.

И вот через много лет я был в гостях у моих одесских знакомых здесь в Израиле в Назарете.

- Ты знаешь, кто наши соседи? – спросила меня хозяйка. – Сейчас посмотришь.

Она вышла и через минуту вернулась с детиной, иначе не назовёшь пришедшего мужчину.

- Как ты думаешь, кто это?

Я не знал, что ответить.

- А я вас помню, - говорит детина. – Вы, наверное, меня не помните, я тогда был для вас маленький. Я ваш сосед, меня зовут Сёма, а мою сестру Роза.

И я вспомнил наших бывших соседей. "Вот, пожалуйста, - подумал я, - в кого превратился тот затюканный сопливый Сёма!"

Удивительно, кого только ни встретишь здесь в Израиле!

Сара и Сраля

Нашу дворничку звали, кажется, Тамарой. Почему я говорю «кажется», потому что так её никто никогда не называл. Все звали её Сара, и она откликалась на это имя. Почему Сарра, трудно сказать. Более русской, чем она, невозможно было представить. Худая женщина неопределённого возраста, вечно в косынке, скрывающей её редкие волосы, часто пьяная, всё время во дворе был слышен её крикливый насыщенный матерщиной голос. Постоянно она ругалась с кем-то или гоняла мальчишек, которые её, впрочем, совершенно не боялись. Жила она с сыном Володей в подвале. Говорили, что Володя от управдома. Володей его тоже никто не называл. Называли его почему-то Сраля, и он тоже откликался на это имя. Это был тихий замкнутый мальчик. Никогда не хулиганил и не дрался. Неожиданно выяснилось, что он занимается грабежами. Отнимал у детей деньги, шапки, коньки, всякие цацки и потом продавал ребятам за бесценок. Причём, как настоящий одесский бандит, «работал» вдалеке от дома и своих не трогал. Наоборот, если кого-то из наших грабили, помогал вернуть отобранное. Когда он вырос, то, вероятно, превратился в настоящего бандита. Во всяком случае, стал завсегдатаем милиции. После одного из посещений милиции его привезли домой сильно избитым. Он поболел немного и умер. Соседи переживали, советовали жаловаться, подавать в суд, но всё на этом и закончилось. В то время жаловаться на милицию было бесполезно.

После смерти сына Сарра притихла, не стало слышно её голоса, двор как-то осиротел. Когда евреи начали уезжать в Израиль, появились освобождённые квартиры, и Сарре выделили небольшую квартирку на первом этаже в соседнем доме.

Так закончилась история Сарры и Срали. Почти по Шекспиру.

P.S. Совсем недавно моя двухлетняя внучка рассматривала мои старые слайды. Я тоже рассматривал их с интересом и неожиданно увидел маму, сидящую на стуле у дверей нашей одесской квартиры, и рядом с ней, кто бы мог подумать, Сарра. Когда я их снял? Совершенно не помню.

Меня зовут Моисей

Никогда я не задумывался над именами и фамилиями. Звали меня Миша, в школе я был записан Михаилом Михайловичем. Когда же я должен был получать паспорт, я с изумлением узнал, что на самом деле зовут меня Моисей, а отчество Михелевич, вместо привычного Михайлович. Воспитанный в пионерско-комсомольской среде, я очень переживал из-за своего имени и отчества. Особенно неуютно я себя чувствовал в армии. Служил я в Сталинграде, а там еврейские имена и фамилии вообще были в диковину. Кстати, не один я, так сказать, страдал из-за своего имени. В институте, слава богу, уже в Одессе, со мной учились студенты с такими фамилиями: Сипитинер, Трахтенгерц, Зильберлейб, Файнгелерент. Такие шедевры не все преподаватели могли с первого раза произнести. Особенно курьёзные случаи были на военной кафедре, где преподавали, в основном, служаки из русской глубинки. Фима Файнгелерент, парень насмешливый и, как говорится шухерной, на этих лекциях садился всегда за первым столом и с невозмутимым видом наблюдал, как очередная жертва мучилась с его фамилией, и откликался только тогда, когда преподаватель без подсказки произносил его фамилию правильно. Мы потешались, наблюдая эту сцену. Но один преподаватель обхитрил Фиму. Это был подполковник Донец. Хитрый хохол, он во время переклички умышленно пропускал трудные фамилии, и затем спрашивал, кого он пропустил. И Фима и другие ребята вынуждены были вставать и называть свои фамилии. И это было очередной причиной нашего веселья.

Через много лет я по делам службы должен был встретиться с ведущим конструктором Головного конструкторского бюро тяжёлого краностроения Файниным. Когда я зашёл к нему в кабинет, я с удивлением увидел перед собой Фиму Файнгелерента. Оказывается, ему надоело возиться со своей несчастной фамилией, и он поменял её на более благозвучную.

Вообще, в то время с еврейскими именами и фамилиями происходило много комичного, а иногда и трагичного. Моего папу по паспорту звали Михель Зельман-Лейбович. Мама и близкие звали его просто Моня. На работе же к нему обращались Михаил Захарович. Я знал двух родных сестёр. Одна родилась до войны, а другая после. Так вот, у одной отчество было Лейзеровна, а у другой Леонидовна. Однажды в школу, где я учился, это было ещё в эвакуации в Алма-Ате, пришёл новый учитель. Звали его Хаим Шмулевич. Сначала его пытались называть как-то более привычно, кажется, Ефим Александрович, что-то в этом роде, но он категорически отказывался и требовал, чтобы его называли, как положено, то есть Хаим Шмулевич. И бедные русские дети, их родители и учителя мучились и стеснялись, когда надо было к нему обращаться, как будто это были нецензурные слова. Мою жену зовут Фаня Шлёмовна. Обычно все её называли просто Фаина. Уже совсем недавно, при Брежневе, не при Сталине, её начальник, кстати, тоже еврей, когда был на неё чем-то рассержен, обращался к ней не, как обычно, Фаина, а через весь зал громко называл её Фаня Шлёмовна, считая, что унижает её таким образом перед сослуживцами. И кое-кто действительно злорадно хихикал при этом.

Вскоре после смерти Сталина

Вскоре после смерти Сталина начали возвращаться из лагерей реабилитированные. И вот как-то пришла к нам в гости семья: муж, жена и их сын, явно русской внешности. По тому, как мои родители разговаривали с ними, я понял, что это их старые близкие друзья. Когда они ушли, папа с восторгом спросил меня: "Ты знаешь, кто это?" И он рассказал удивительную историю. Это были действительно папины давние друзья. В конце тридцатых их арестовали, а затем и осудили на длительные сроки. Отбывали они срок в разных лагерях и не виделись и не слышали друг о друге до самого освобождения. Когда я спросил о их сыне (меня смущала его явно русская внешность), оказалось следующее. В молодости, когда они поженились, она дважды была беременна, но родить ребёнка так и не смогла, хотя и была под постоянным врачебным наблюдением. Что-то у неё, а, может быть, и у него, было не в порядке. В лагере, чтобы не пойти по рукам, она, так сказать, вышла замуж за политзаключённого бывшего большого начальника и от него в лагерных условиях родила крепкого здорового мальчонку. После возвращения из заключения она со взрослым сыном вернулась к своему настоящему мужу, а её лагерный муж, естественно, в свою семью.

Мой папа был ровесник века. Родился он в 1900 году. Он помнил царское время, пережил все войны, революцию и репрессии. Многие его друзья погибли в этой круговерти. Он же остался жив, потому что не лез в политику, имел слабое здоровье, и ещё благодаря маме и просто счастливому стечению обстоятельств. Как все нормальные люди, он, как говорится, всеми фибрами души ненавидел существующий строй и эту "милиху", что на идиш означало высшую степень ненависти и презрения к стране. Наших любимых руководителей страны называл не иначе, как "дешёвками", что также в его устах было верхом презрения и ненависти. Я же рос настоящим советским человеком. Был хорошим пионером, затем комсомольцем, и только случайно не стал членом партии. В то время уже существовал определённый лимит на приём в партию. Руководители страны хотя и с опозданием, но поняли, что все беды идут от евреев и интеллигенции. Поэтому на эту категорию трудящихся была особая очередь. И пока я ждал своей очереди, взгляды мои сильно изменились.

Сейчас, когда я вспоминаю папу, я очень жалею, что он не дожил до перестройки. Мы в то время даже в мечтах не могли представить, что всё может измениться. Может быть, знание, что советская власть не вечна, продлило бы ему жизнь.

Русские женщины всегда мне почему-то больше нравились. Как-то зашёл разговор о смешанных браках, и папа в назидание мне рассказал об одном из своих друзей, женатом на русской женщине, которого во время оккупации выдала немцам собственная жена. А вот совсем другая история. Другой папин товарищ остался в оккупированной Одессе - жена с детьми успели уехать, а мужчин уже не выпускали. Все четыре года оккупации его прятала соседка, одинокая русская женщина. Он был портным, шил какие-то тряпки, а она продавала их на рынке. Этим они и жили. Соседи знали, что она прячет еврея, но не выдавали. После освобождения Одессы вернулась из эвакуации его семья. Они встретились все вместе, поплакали, и он стал жить со своей прежней женой. Женщина же, которая его спасла, стала им как родственница. В трудные послевоенные годы да и потом до конца жизни они помогали ей, чем могли.

Я в ту пору был большим романтиком. Мы с друзьями много рассуждали о любви, о смысле жизни и о многих других возвышенных вещах. Папины истории несколько опускали меня ближе к земле.

Я – человек!

Мне было лет двенадцать-четырнадцать. В то время выходила научно-популярная серия "Библиотечка солдата и матроса". Это были тонкие книжки с одинаково оформленной обложкой. Каждая книжка посвящалась одной какой-то теме. Продавались эти книжки в магазине "Военная книга", что на Дерибасовской. Мне как-то попалась на глаза такая книжка, я увлёкся, и с тех пор начал собирать эту серию. Со временем у меня эти книжки стали занимать целую полку.

Так вот, в одной из книжек этой серии я прочитал о гипотезах происхождения жизни и, возможно, об её уникальности во вселенной. Я был потрясён прочитанным, много думал на эту тему, и мне пришла мысль, что лично я тоже уникален. Рассуждал я так. Я человек! Не какая-нибудь букашка. Жил я в счастливой социалистической свободной стране, единственной во всём мире. А ведь я мог жить и в капиталистической Америке, к примеру, и влачить жалкое существование. Время бесконечно, это я знал, и именно в одно время со мной жил Великий Сталин, и я, может быть, когда-нибудь даже увижу его. Далее. Я еврей. И хотя в то время я не очень доволен был этим обстоятельством, я понимал уникальность евреев. К тому же я одессит. А Одесса, как известно, единственный и неповторимый город на земле. В довершение, звали меня Миша. Помните: "Ты одессит, Мишка, а это значит..." "Мишка, Мишка, где твоя улыбка..."

Так много уникального в одном человеке! «Конечно, я уникален», - думал я.

Сказка

Всегда завидовал своим товарищам, которые могли что-то сочинить. Особенно в рифму. У меня никогда не получалось так. Не было у меня вообще способностей к сочинительству. К рисованию, к музыке, к точным наукам, наконец, да, были. А вот к сочинительству нет. Даже мои школьные сочинения и то были скорее похожи на технический отчёт. Всё было разложено по полочкам. Вступление, первое, второе, третье, ... заключение. Но вот однажды и я попытался сочинить, так сказать, стихи. Точнее, сказку в стихах. Помню, должна она была начинаться примерно так:

В некотором царстве
В некотором государстве
Жили три богатыря
Три весёлых усача.
Что-то там, забот они не знали,
Все науки, естественно, презирали...

Ну, и так далее и тому подобное. Помню, по плану действие должно было развиваться следующим образом. В царстве появлялось огнедышащее чудовище, что-то вроде дракона, которое требовало жертв. Царь назначил награду тому, кто победит чудовище. Первыми в бой пошли богатыри. Они пустили в ход, естественно, мечи, но ничего грубой силой сделать не смогли. Тогда за дело взялся молодой учёный, хлюпик и очкарик. Он подошёл к проблеме по научному. Сначала взял у чудовища разные анализы, исследовал природу огня. Затем изготовил специальное приспособление для тушения огня (это был первый в мире огнетушитель). Окружающие смеялись над ним, но ко всеобщему удивлению учёный с помощью этого приспособления в два счёта победил страшилище. Мораль напрашивалась сама собой. Главное не сила, а ум. Я считал себя умным, и эта сказка должна была оправдать мои многочисленные слабости.

Но дальше плана (учитель русского языка, которого я очень уважал, советовал всегда начинать с плана) и нескольких строк дело не пошло. Я забыл о своём намерении, но каково же было моё удивление, когда через много лет, уже взрослым, я видел мультфильм с похожим содержанием. Странно, но взрослый человек, повидавший и переживший многое, я вдруг почувствовал что-то вроде детской гордости за себя. Я же первый придумал такой сюжет!

Год 2000

С детских лет меня волновало, что будет потом, через год, через десять лет, через сто лет. Книги фантастов были наиболее интересны мне. Волновали меня и прогнозы ученых. В частности, были прогнозы на далёкое, далёкое будущее, на 2000 год. Прогнозы ошеломляли. Хотелось хотя бы краешком глаза заглянуть туда в двадцать первый век. Я прикидывал, и получалось, что теоретически я мог дожить до того времени. Правда, думал я, я буду стариком, но, думал я, теоретически дожить можно. Время же, как на зло, тянулось очень медленно. Я с любопытством листал отрывной календарь на будущий год, который родители покупали заблаговременно. Были тогда в моде такие. Каждому дню соответствовал листок, на котором были данные об этом дне, а на обратной стороне помещалась небольшая статья о юбилеях, приходящихся на этот день, или о знатных именинниках. Предполагалось, что, отрывая очередной листок, прочитываешь очередную статью. Так вот, ещё задолго, как новый календарь папа прибивал на стену, я прочитывал его содержимое. Обычно в конце такого календаря был календарчик на следующий год. Я вглядывался в непривычные цифры и само их написание меня завораживало. А время, как я уже говорил, тянулось очень медленно. В каждом году была осень, зима, весна и, наконец, долгожданное лето. В каждом году было аж двенадцать месяцев, а, если считать дни и часы, то получалась, вообще, бесконечность. Когда же наступал очередной год, я никак не мог привыкнуть к написанию цифр нового года. И так было с каждым новым годом.

Потом годы полетели незаметно один за другим. Иной раз я и не помнил, какой сейчас год, и забывал дни своего рождения. Неожиданно быстро наступил год 2000. Вроде бы, ничего фантастического за прошедшие годы не произошло. Разве что высадка американцев на луне. Нет, вру. Крах коммунистической системы, пожалуй, самое фантастическое, что произошло в прошлом веке. Люди моего поколения даже не фантазировали на эту тему. Советский строй был также незыблем в нашем сознании, как, к примеру, смена дня и ночи. Все остальные изменения не чувствовались фантастическими. Не чувствую я особых изменений и в себе, хотя изменения, конечно, есть и не в лучшую сторону, да понял я, наконец, вроде бы, простые истины, такие, как «насильно мил не будешь», «уходя уходи», слова Пушкина «...не оспоривай глупца» и ещё кое-что.

Прошло ещё два года, наступил 2002. Мне уже 67! Какой ужас!

Глава вторая. Эвакуация

*Памяти моей мамы,
которая спасла нас
от неминуемой гибели*

Слушая воспоминания своих родителей, я обратил внимание, что помнишь, казалось бы, совершенно незначительные вещи, а важное не помнишь. Так, родители рассказывали, что перед войной я сильно болел, был на грани смерти. Меня лечил известный врач, родственники и знакомые всячески помогали, кто лекарствами, кто присылал цитрусовые. А я ничего об этом не помню. Что же я запомнил? Вот несколько эпизодов из моего раннего детства, которые остались в моей памяти.

Наверное, самое раннее моё воспоминание, когда мне было года два или даже меньше. Я стою в своей детской кроватке на колёсиках, мама моет пол и перекатывает меня с места на место. А я представляю, что плыву на пароходе по морю.

Помню также большую ёлку в углу. Ёлка очень высокая и верхушка её упирается в потолок.

Помню, как папа, возвращаясь с работы в субботу, приносил конфеты в коробке. Это были модные тогда «Мишка на севере».

Ещё одно воспоминание относится примерно к тому времени. Один из наших знакомых срисовал машину с коробки от папирос. Уже в то время меня поразил профессионализм рисунка. Он был выполнен штрихами и совершенно не был похож на те рисунки, к которым я привык. Потом я увлекся рисованием, считалось, что я хорошо рисую, но прошло ещё много, много лет прежде, чем я смог рисовать так же.

Помню папин рабочий стол. Это был простой деревянный стол-верстак с толстой столешницей и толстыми квадратными ногами.

Мы жили на третьем этаже, и я помню вид из окна во двор. Земля казалась далеко внизу. Когда же, будучи уже взрослым, я как-то зашёл в наш бывший двор, я удивился, что наш дом оказался совсем невысоким.

Помню, как наш кот упал или спрыгнул из окна, и все удивлялись, что он только немного разбил себе нос. Тогда я на практике узнал, что кошка всегда падает на ноги и может упасть без особого вреда даже с третьего этажа.

Из ворот нашего двора были видны вокзальные часы, и я помню, как родители, очевидно хвастаясь перед знакомыми, посылали меня посмотреть, сколько времени. Меня, как видно, в то время обучали понимать часы.

Помню, как я первый раз в своей жизни вышел босиком во двор. Пешеходные дорожки в то время ещё были выложены чёрными плитами. Эти плиты были вулканического происхождения. Их привозили из Италии в трюмах кораблей в качестве балласта. Ходить по ним босиком было большое удовольствие. Они были гладкие и тёплые. Эти плиты сохранились ещё несколько лет после войны. Потом местные власти начали «улучшать» облик города. Всё покрывали асфальтом. И булыжные мостовые и тротуары. В результате, Одесса потеряла часть своей самобытности. Мощённая мостовая осталась только на Пушкинской улице. Уж очень красиво были уложены камни. Нашлись люди, которые поняли это.

Помню, как пожилая соседка, жившая в подвале, нечаянно проколола себе указательный палец через ноготь на швейной машинке. Крови не было видно, только красное пятнышко вокруг иглы. Соседка не кричала и не плакала, как я ожидал, а спокойно попросила меня позвать соседа. Палец не был проколот насквозь. Сосед же почему-то не мог дать машинке обратный ход. Пришлось проколоть палец насквозь, и лишь тогда игла пошла вверх.

Перед войной у нас гостил дядя Яша, мамин младший брат, с семьёй. Дядя Яша был кадровый военный. Служил он во Владивостоке. Это был невысокий атлетически сложенный мужчина. Мышцы на его теле играли и перекатывались. Я заинтересовался, что это у него шевелится под кожей, и он, смеясь, сказал, что это бегают мышки. После этого я часто просил его показать, как «бегают мышки». У дяди Яши было двое детей. Старшая дочь Элла и сын Вовка. Элла была младше меня на два года и ещё даже плохо говорила. Во дворе она слыла хулиганом, и за это её прозвали «самурай». Дети боялись её, как огня. Когда Элла выходила во двор, соседская тихая девочка подходила к ней и жалобно спрашивала: «Ты не будешь меня бить?» Как-то меня обидели, и я вернулся домой зарёванный. Мама, шутя, послала Эллу разбираться. Она вышла со мной во двор, ткнула пальцем в моего обидчика и спросила: «У?»

Я кивнул головой. Тогда она, не говоря ни слова, прямой рукой наотмашь ударила его, да так, что бедный ребёнок покатился на землю. Элла же, невозмутимо ковыряя в носу, наблюдала, как он бьётся в конвульсиях.

Кое-что помню о начале войны. Помню, как горел Привоз, знаменитый одесский рынок. Он весь состоял из деревянных палаток и горел очень сильно. Мы из окон видели зарево, и было очень страшно. Помню разговоры взрослых, что сегодня ночью бомба попала в почтамт, а на следующий день ещё в какое-то известное здание.

С тревогой ждали, что разбомбят знаменитый одесский оперный театр. Но, как ни странно, театр уцелел и продолжает удивлять своей архитектурой. Помню осколки бомб. Мы, пацаны, собирали их. Были простые железные, а были очень красивые из цветного металла, которые у нас ценились больше. Я тоже усердно искал, но мне почему-то попадались одни железные.

Во время налёта взрослые и мама, в том числе, дежурили на крышах и специальными клещами сбрасывали на землю зажигалки. Помню панику, вернее даже не панику, а тревогу, когда прошёл слух, что в

Старый «Привоз»

Дофиновке, пригороде Одессы, немцы сбросили десант. Я видел, как мужчины в спешке садились на грузовик и уехали в Дофиновку. Чем всё закончилось, я не знаю. Вообще, должен сказать, что особенного страха не было. Было как-то буднично. Ведь Одессу бомбили с первых дней войны и люди, как видно, просто привыкли.

Пожалуй, вот и всё, что осталось у меня в памяти до отъезда в эвакуацию. Мне было тогда шесть лет.

Эти сны мне снятся до сих пор, хотя прошло уже более шестидесяти лет с той войны.... Во сне я вижу немецкие самолёты. Они летят ровными рядами, их много, они как будто висят и заслоняют всё небо, и мне страшно... Во сне меня преследуют немцы. Я хочу стрелять, но у меня нет оружия. Я стреляю пустой рукой, как это делают дети во время игры, и убегаю, убегаю, убегаю… И ещё мне сниться, что меня ищут уже наши органы, и я забираюсь куда-то на окраину незнакомого города, где меня трудно будет найти, и где можно будет переждать. Это уже результат моих более поздних знаний о том времени…

Одесса была в кольце. Единственный путь, по которому ещё можно было выехать, был морем. Стало ясно, что Одессу сдадут. Рассказы беженцев, которые успели уйти от немцев, пугали. Мама, в общем, смелая и энергичная, до ужаса боялась физической расправы и верила всему, что слышала. Решили уезжать в Алма-Ату. В Алма-Ате жила семья дяди Яши. С началом войны, опасаясь вступления в войну Японии, семьи офицеров были эвакуированы. Так тётя с детьми попали в Алма-Ату…

Здесь я прервусь не надолго, чтобы рассказать немного о нашей семье. Мой папа был, как говорится, потомственный портной. Все его предки по мужской линии были портными. Отсюда и фамилия Шнайдер, что в переводе на русский язык означает «портной». В двенадцать лет папа остался без родителей, и тётя, у которой папа жил, отдала его на обучение к портному Березовскому. У Березовских не было детей, и они относились к папе, как к сыну. В двадцатых годах тётя вышла замуж за иностранца и уехала с ним в Париж. Она хотела взять с собой папу, но во Францию не брали эмигрантов из России, поэтому она решила пока отправить папу в Америку,

Мои родители с мамиными братьями перед войной

чтобы потом уже из Америки переехать в Париж. Когда все документы были готовы, тётя в последний момент испугалась. Дело в том, что эмигранты год должны были пройти карантин на Кубе, а среди потенциальных эмигрантов были и преступники, и наркоманы, и всякий сброд, и тётя боялась, что папа с его неприспособленностью к жизни среди них пропадёт. Так папа остался в России один без близких родственников. Как-то пережил гражданскую войну, успел послужить в Красной армии, но вскоре его комиссовали по состоянию здоровья. У него было что-то с лёгкими, один глаз у него различал только свет, а другой имел близорукость. Жили Березовские в большой четырёхкомнатной квартире на третьем этаже по улице Земской напротив вокзала.

Я с сестрой перед войной

Квартира имела два входа – парадный и чёрный. Когда в советское время началась кампания по уплотнению, Березовский разделил квартиру пополам, оставив себе меньшую часть с чёрным входом, а папе (он уже был женат) отдал лучшую часть с парадным входом. К слову, когда вспоминаешь, что вытворяла советская власть, в голове не укладывается, как такое вообще возможно. Я не имею в виду именно кампанию по уплотнению. Было и похуже, и значительно хуже.

Сейчас все всё знают, но, мне кажется, воспринимают так, как будто это было где-то совсем в другой стране, да и, вообще, было ли.

Мама же была из зажиточной семьи. В детские годы со слов мамы я знал, что дедушка был рабочим, погиб в начале революции во время стычки с одной из банд и похоронен на Куликовом поле, так называли большую площадь возле вокзала, в братской могиле. Я очень гордился этим. Я помню, ещё там стоял памятник жертвам революции и гражданской войны, высокая стела с соответствующими надписями. Памятник стоял посреди площади и мешал проведению демонстраций.

Возможно, поэтому вместо старого памятника соорудили небольшой памятник на краю площади.

Когда Сталин умер, а я стал взрослее, я узнал, что всё было не совсем так. На самом деле дедушка владел заводом по производству сельтерской воды. Так считалось в то время. В действительности это была по теперешним понятиям небольшая мастерская, в которой работал дедушкин брат и несколько рабочих. Они заполняли баллоны углекислым газом и развозили их по всей Одессе.

Находился этот завод на Фонтане, так назывался один из пригородов Одессы. По тем временам дедушка был довольно обеспеченным человеком. Он снимал большую многокомнатную квартиру в центре Одессы, старался дать детям хорошее светское образование. Мама, кстати, старшая из его детей, успела закончить семь классов гимназии. Перед началом первой мировой войны дедушка, опасаясь призыва в армию, оставил завод на брата и вместе с семьёй уехал за границу, сначала в Берлин, а затем в Лондон. Когда я узнал, что мама была за границей, я стал смотреть на неё совсем другими глазами. В то время среди моих знакомых я не знал никого, кто был бы за границей, тем более в Лондоне. К тому времени у дедушки было пятеро детей. Мама – старшая, ей было лет десять, два брата с разницей в два года и двое крошечных близнецов, которые вскоре умерли один за другим от какой-то болезни. Я помню фотографию тех лет. На фотографии дедушка и бабушка сидят, на руках у них по близнецу, а вокруг старшие дети. Интересно, что мама и её братья, то есть мои дяди, уже узнаваемы. Когда война началась, Англия, союзница России, решила призвать подданных России в армию. Пришлось дедушке вернуться в Одессу. Пока он разъезжал туда сюда, война закончилась и началась революция. В то время Одесса часто подвергалась нападению различных банд. Как-то к Одессе подошла банда, кажется, атамана Зелёного. Получив отпор от рабочих дружин и ополченцев, банда двинулась по окраинам, громя милицейские участки и заодно и евреев. Когда дедушка узнал о приближении банды, он на извозчике поехал на завод, чтобы предупредить брата. Но было уже поздно. Банда орудовала вовсю. Дедушка с братом спрятались на берегу под обрывом, но знакомый мальчишка выдал их. Так они погибли. Когда тела привезли домой, на теле дедушки нашли всего одну ранку от штыка в области сердца. На теле же его брата не было ни царапины. Вероятно, он умер от страха, глядя, как убивают дедушку. Власти решили похоронить погибших как героев на Куликовом поле в братской могиле. Бабушка же хотела похоронить дедушку по еврейским обычаям и на еврейском кладбище, что она и сделала.

После смерти дедушки деньги быстро кончились, пришлось всё распродать и уехать в Умань, откуда бабушка была родом, и где у них был свой дом. Когда мама вышла замуж и уехала к папе в Одессу, братья тоже женились и начали разъезжаться, бабушка уехала с дядей Яшей во Владивосток, куда он получил назначение по службе. Когда дядя Яша приехал к нам в гости, он привёз бабушку, которая с тех пор уже жила с нами.

P.S. О погроме рассказывали родители. Я интересовался, что было на самом деле. Атаман Зелёный действительно существовал, но в районе Одессы он не действовал. А вот, что я прочёл у Бунина в недавно вышедших воспоминаниях.

"2 мая 1919г.

Еврейский погром на Большом Фонтане, учиненный одесскими красноармейцами.

Были Овсянико-Куликовский и писатель Кипен. Рассказывали подробности. На Б. Фонтане убито 14 комиссаров и человек 30 простых евреев. Разгромлено много лавочек. Врывались ночью, стаскивали с кроватей и убивали кого попало. Люди бежали в степь, бросались в море, а за ними гонялись и стреляли, – шла настоящая охота. Кипен спасся случайно, – ночевал, по счастью, не дома, а в санатории «Белый цветок». На рассвете туда нагрянул отряд красноармейцев, – «Есть тут жиды?» – спрашивают у сторожа. – «Нет, нету». – «Побожись!» – Сторож побожился, и красноармейцы поехали дальше.

Санаторий «Белый цветок»

Убит Моисей Гутман, биндюжник, прошлой осенью перевозивший нас с дачи, очень милый человек."

Мы уже многое знаем о фальсификациях советской власти. Так что ничего удивительного нет, что тот погром свалили на какую-то банду.

Дядя Тоня второй мамин брат был младше мамы на два года. Жил он с семьёй сначала в Умани, а позже переехал в Гайсин. У него было двое детей. Старшую девочку звали Нэла и сын Миша, как видно, его, как и меня, назвали в память о дедушке. Дядя Тоня, как и дядя Яша, тоже был кадровым офицером, и с начала войны сразу попал на фронт. С армией он сначала отступал, а затем дошёл до Кёнигсберга, где и закончил войну. Во время отступления его жена и дети остались в оккупированном Гайсине и были убиты немцами и их помощниками. В центре города выкопали большую яму, и в ней живьём закопали евреев города. Среди них была жена дяди Тони с детьми. Часть, в которой служил дядя Тоня, освобождала те места. Дядя Тоня отлучился на время, чтобы повидать семью. Соседи рассказывали, что ещё несколько дней в том месте шевелилась земля, и слышны были стоны. Когда дядя Тоня узнал о гибели семьи, он перестал дорожить жизнью и лез в самое пекло. Но смерть его не брала. Несколько раз он был ранен, но каждый раз возвращался на фронт. Один раз он был ранен тяжело. Пропеллер от сбитого самолёта попал дяде Тоне в спину. В результате через десять лет после ранения у дяди Тони начался паралич, вследствие чего он умер, когда ему ещё не было и пятидесяти.

Тогда я мало что понимал, а сейчас, вспоминая обо всём, я не могу сдержать слёз. Жалко дядю Тоню, его первую жену и детей. Дети были примерно одного возраста со мной и моей сестрой, и я их видел только на фотографии, да и ту не сберегли.

Итак, Одесса была в кольце. Единственный путь, по которому ещё можно было выехать, был морем. Стало ясно, что Одессу сдадут. Рассказы беженцев, которые успели уйти от немцев, пугали. Мама, в общем, смелая и энергичная, до ужаса боялась физической расправы и верила всему, что слышала. Решили уезжать в Алма-Ату. В Алма-Ате жила семья дяди Яши. С началом войны, опасаясь вступления в войну Японии, семьи офицеров были эвакуированы. Так тётя с детьми попали в Алма-Ату. Мы, однако, с эвакуацией опоздали. Вывозили уже только раненных и семьи военнослужащих. Мама бегала по инстанциям, собирала справки, но ничего не помогало. Тогда она написала дяде Яше. Дядя Яша прислал письмо, в котором просил помочь выехать его матери (бабушка жила с нами) и сестре с детьми. Маму вызвали в военкомат. Там её сначала отругали за то, что она отвлекает по пустякам офицера контрразведки в такой ответственный момент, и спросили, кто ещё, кроме матери брата, собирается эвакуироваться. И хотя папа не был военнообязанным, его бы всё равно не выпустили, так как мужчин уже вообще не выпускали. Поэтому мама вместо папы назвала несуществующего шестнадцатилетнего сына. Когда военком услышал, что у мамы трое детей и один почти призывного возраста, он тут же выписал разрешение на выезд. «Такую семью надо спасать», - сказал он.

Мы должны были плыть на пароходе «Ленин», но по неизвестной мне причине на этот рейс нас не взяли. Мама была очень расстроена, но оказалось, что случай спас нам жизнь. 24 июля 1941 года пароход «Ленин» отплыл из Одессы, а 27 июля город всколыхнули страшные слухи — корабль затонул с тысячами одесситов, которые вчера еще считались счастливчиками, доставшими посадочный талон на пароход «Ленин». Эта весть не поколебала решимость мамы. Начали готовиться к следующему рейсу. Сборы были короткие. Надели на себя самое лучшее, взяли пару узлов с самым необходимым и едой, попрощались с Березовским и на извозчике поехали в порт. Шла погрузка на корабль «Днепр».

В порт спускалась улица наподобие ущелья. Через неё были мосты. Порт постоянно бомбили, и во время налёта извозчик останавливался под очередным мостом и ждал, когда налёт закончится. При погрузке случилась заминка, которая могла закончиться плачевно для папы. Матрос, стоящий у трапа, не хотел папу пропускать. Тогда мама наказала папе никуда не уходить, завела нас на корабль, а сама спустилась вниз и заговорила с матросом по-еврейски, уговаривая его пропустить папу. Матрос не соглашался, однако, отвернулся и начал разбираться с очередными пассажирами. Мама поняла и начала тащить папу мимо матроса на корабль. Честный папа сопротивлялся. Так, переругиваясь с папой, мама чуть ли не силой затащила его на корабль, засунула в трюм и приказала не высовываться, пока мы не выйдем в море. Останься папа в Одессе с его неприспособленностью к жизни, он наверняка пропал бы.

P.S. Вот, что я нашёл об истории корабля «Днепр»:

«Водоизмещение: 12500 т.
Размеры: длина - 147,16 м, ширина - 19,3 м, осадка - 10.4 м.
Силовая установка: дизельная, 24500 л.с.
Скорость полного хода: 17 узлов.

Бывший испанский пассажирский лайнер "Cabo San Agustin". Построен 09.1931 г. (Бильбао, Испания). Во время гражданской войны в Испании использовался испанскими республиканцами для перевоза военных грузов из СССР, совершил несколько рейсов, перевозя истребители, танки, пулемёты, снаряды и патроны. С мая 1937 г. пароход был вооружен - в Севастополе на него были поставлены 4 45-мм пушки и 2 пулемета.

После прорыва в СССР к моменту завершения гражданской войны в Испании находился в советском порту. Решением Политбюро ЦК ВКП (б) от 16.09.1938 г. о разрешении покупки парохода «Cabo San Agustin» у Испанской Республики для этой цели были выделены валютные средства.

Лайнер был передан Военно-морскому училищу для использования в качестве учебного корабля.

19.09.1941 г. переформирован в санитарный транспорт и передан медслужбе ЧФ. Штатная эвакоемкость корабля составляла 200 человек.

В сентябре 1941 г. санитарно-транспортное судно "Днепр" совершил два эвакорейса из Одессы в Новороссийск - 06.09.1941 г. (1053 чел.) и 30.09.1941 г. (216 чел.). Общее количество эвакуированных составило 1269 человек, из них423 (33%)

лежачих. 03.10.1941г. транспорты "Абхазия", "Днепр" и "Чехов" в охранении эсминца "Смышленый" и тральщика Т-408 "Якорь" вышли из Новороссийска в Севастополь. Командиром "Днепра" был капитан 3 ранга А.Н. Моргунов.

В 19.20 юго-западнее мыса Утриш шедший порожняком "Днепр" был атакован торпедоносцами противника, которые выпустили по нему с малой высоты с дистанции около тысячи метров шесть торпед. Транспорт на полном ходу уклонился от пяти торпед, но одна поразила его в среднюю часть, и в 19.30 он затонул в точке 44°38'N 37°15'E на глубине около 1200 метров».

Что касается гибели парохода «Ленин», то в советское время все подробности были засекречены. Недавно, к 70-летию гибели парохода были опубликованы подробности этой истории на сайте:

http://www.wreckdiver.ru/divesites.html?divesiteId=10

Вот кратко, что написано на этом сайте. Пароход был построен в 1909 г. на германской судоверфи в Данциге (ныне Гданьск) для царской России, и получил название «Симбирск».

Испанский пассажирский лайнер "Cabo San Agustin".

Это был элегантный двухтрубный красавец, вполне комфортабельный и быстроходный, имевший приличную скорость – 17 узлов при длине 94 м, ширине 12 м и осадке 5,4 м. В годы советской власти пароход был переименован в «Ленин».

Пароход отправился в свой последний рейс 24 июля 1941 года, а 27 июля он напоролся на нашу же родную мину и затонул. Кстати, это был не

Пароход «Симбирск»

единственный случай, когда наши корабли подрывались на наших же минах. Тем не менее виновником объявили лоцмана, хотя при подготовке к плаванию и во время плавания были допущены грубейшие нарушения. Как говорили моряки: «Если нет виновного – его назначают»... Лоцмана расстреляли, а через много лет реабилитировали. Это была обычная практика советской власти. Сначала расстреливали невиновных, а потом их реабилитировали.

Вернёмся на «Днепр». Вскоре корабль отошёл от причала. Во время пути нас сопровождали небольшие военные корабли – тральщики. Они то уходили вперёд, то отставали, и каждый раз мы волновались, что они уйдут совсем. Вдоль бортов у этих кораблей стояли красные

Тральщик начала войны

цилиндры. Я знал, что это глубинные бомбы. Несколько раз во время перехода объявляли тревогу. Вероятно, замечали перископ. Очень боялись немецких подводных лодок. Во время одной из тревог в трюме появился густой дым. Началась паника. Сдуру начали закрывать иллюминаторы, опасаясь, что в открытый иллюминатор могут залететь пули. Мама вместе с мужчинами пыталась успокоить людей. По лестнице в трюм спустились два матроса и офицер в противогазах. Вскоре всё выяснилось. Кто-то зажёг дымовую шашку. Говорили о диверсантах.

Кстати, о диверсантах и шпионах. Помню, как одно время ехидничали по поводу шпиономании. А ведь шпионы, если под этим термином понимать также диверсантов, сигнальщиков, провокаторов и прочее, действительно были и довольно много. Особенно в начале войны. Даже со своим небольшим детским опытом я несколько раз был свидетелем действия шпионов или действий против них. Моей сестре в начале войны было двенадцать лет, и дети её возраста были организованы в отряды. У них были на рубашках петлицы с треугольниками и квадратиками, как у военных. Сестра очень гордилась и хвасталась своими петлицами. Дети группами патрулировали по городу и, если встречали мужчину в шляпе, окружали его и звали милиционера. Чаще это были наши интеллигенты. Но были и настоящие шпионы-сигнальщики. Во время налёта немецкой авиации они подавали сигналы. Кстати, вопреки бытующему мнению, немцы, вообще, наши противники, не очень хорошо знали наш быт. Или знали, но не могли поверить в нашу действительность. Чем иначе объяснить, что их агенты были аккуратно одеты и многие действительно носили шляпы? В то время шляпа была большая редкость, и человек в шляпе невольно вызывал подозрение.

Помню ещё один эпизод со шпионами. Это было сразу после войны. В Одессе в то время было много инвалидов, которые просили милостыню, фальшиво играя на гармошках. И вот однажды в городе появилась семья уличных музыкантов. Мужчина с аккордеоном, женщина и девочка лет двенадцати. Они резко отличались от всех. Были хорошо одеты и играли очень хорошо. Кстати, мужчина был в шляпе. Их появление было настоящей сенсацией. Играли они в парке на Соборной площади, и мы, пацаны, бегали специально посмотреть на них и послушать их игру. Не надо было быть очень проницательным, чтобы понять, что здесь что-то не так. Вскоре они исчезли. Говорили, что это были шпионы, а в аккордеон был вмонтирован передатчик.

Один из наших родственников, прошедший войну от начала и до конца, рассказал такой случай, свидетелем которого он был. В начале войны во время панического отступления наших войск на одном из перекрёстков стоял полковник с машиной и направлял отступающих в ближайший лесок, а через некоторое время немецкая авиация разнесла этот лесок в пух и прах. И подобных случаев было предостаточно.

Что же касается музыкантов, то сейчас я думаю, это были, вероятно, прибалты, приехавшие в Одессу и сохранившие ещё привычки запада.

Я сильно отвлёкся. Итак, наконец, Новороссийск. Капитан торжественно поздравил нас с благополучным переходом. Когда мы вышли на палубу, я был ошеломлён открывшимся видом. Ничего подобного я никогда не видел. Мы стояли на рейде далеко от берега. Берег казался стеной, уходящей в небо. На ней игрушечные домики, утопающие в зелени, между домиками движутся машинки, и даже прошёл паровозик с вагончиками. Из трубы паровозика валил дым. Всё было, как в кукольном театре. Палуба, на которой мы стояли, была высоко над водой, а внизу в прозрачной воде плыла стайка рыбок.

Из Новороссийска мы продолжили наш путь сначала в пассажирском вагоне, а затем в теплушках. Мы ехали медленно, каждый раз уступая дорогу более важным грузам. На каждой остановке мужчины и мама с ними выскакивали на перрон в надежде найти что-нибудь из съестного. Один раз маме повезло, и она принесла две головки капусты. Это было всё, что она достала за несколько дней. Положение было отчаянным. Впереди из крупных станций был Краснодар. В Краснодаре жили наши бывшие соседи. Они эвакуировались раньше нас, и мы надеялись, что, если состав остановится в Краснодаре хотя бы часа на два, мама успеет сбегать к ним и что-нибудь достать. И вот Краснодар. Все высыпали из вагонов. Единственный вопрос был, сколько будет стоять состав. Ответ был хороший. Состав должен был стоять до вечера. Мама убежала. Однако, прошло, может быть, минут сорок и дали отправление. Мы остались одни. Папа полуслепой и беспомощный, бабушка и нас двое детей. Ещё раньше с мамой было условлено, что, если кто-то отстанет, то остальные выходят на следующей крупной станции. Следующая крупная станция была станица Усть-Лабинская. Там мы и вышли. Разместились в зале вокзала на полу. Весь зал был забит людьми. Заняты были даже проходы. Мы сидели на полу, среди узлов и ждали маму. Над головой у нас мерцала тусклая лампа. На следующий день у сестры поднялась температура. И вдруг сестра говорит, что слышит нашу фамилию, будто мальчик зовёт. «При чём тут мальчик? Бедная девочка бредит», - сказала бабушка по-еврейски. Но сестра не бредила. Вскоре и мы услышали, как мальчишеский голос выкрикивал нашу фамилию. И вдруг, в нескольких шагах от нас мы увидели маму. Она стояла растерянная и растрёпанная с мешком у ног и не видела и не узнавала нас.

Потом мама рассказала о своих приключениях. У бывших соседей её наспех собрали и проводили на станцию. Когда они увидели, что поезда и след простыл, они вернулись и уже, не спеша, собрали её основательно, а вечером посадили на следующий поезд. Зная, что нужно ехать всего несколько часов, мама приткнулась со своим драгоценным мешком на площадке возле спящего мужчины и всю ночь радовалась, что он не просыпается и не пристаёт к ней. Не надо забывать, что маме тогда не было ещё сорока, она была красива да ещё с мешком, которому в то время цены не было. Наутро, когда рассвело, мама с ужасом обнаружила, что ночевала возле покойника. В страхе она сошла с поезда и уже на следующем добралась до Усть-Лабинска. Когда она увидела на вокзале кучу копошаштихся тел, она поняла, что самой ей не справиться. Тогда за кусок хлеба она попросила двух мальчишек, чтобы они ходили среди людей и кричали только одно слово: «Шнайдер!» Так мы нашли друг друга.

Увидев, в каком состоянии мы находимся, мама решила задержаться здесь на неделю, чтобы подлечить сестру, а нас отмыть и накормить. Помню своё изумление и восторг, когда мама, как фокусник, начала вынимать из мешка продукты. Там было всё: и хлеб, и колбаса, и масло, и сахар, и консервы, в общем, целое состояние. Однако, прожили мы в Усть-Лабинске не неделю, как думали, а месяца два. Здесь нам было хорошо. Войны как будто и не было. Хозяйка наша, пожилая казачка, относилась к нам хорошо. Ни детей, ни семьи у неё не было, и мы скрашивали её одиночество. Самое интересное было, когда она узнала, что мы евреи. До этого евреев она никогда не видела. Знала, что у евреев всё не как у людей. Сзади хвостики, а у женщин что-то там не вдоль, а поперёк. Поэтому она страшно удивилась, что мы как все. Впрочем, отношение её к нам не изменилось. Может быть, даже улучшилось.

Кстати, о птичках. В то время в тех местах воробьёв называли жидами. Ну, это так, для информации. Просто так их называли, жидами.

Когда немцы начали приближаться, мы отправились дальше на восток. Впереди было ещё много приключений. Сейчас кажется удивительным, как мы всё это выдержали. Несколько раз нас бомбили. Во время бомбёжки люди прятались под вагонами или разбегались по степи.

В начале пути, когда мы ехали в пассажирском вагоне, я обратил внимание на женщину, которая сидела на соседней скамейке. На руках у неё лежал грудной ребёнок, завёрнутый в одеяло. Глаза его были закрыты монетами. Из разговоров между взрослыми я понял, что ребёнок умер. Был такой обычай в некоторых местах закрывать глаза монетами, чтобы глаза не открывались. Больше никогда я не видел такого.

Одно время мы ехали на открытой площадке среди заводского оборудования. Чтобы не заболеть, мама накрыла меня с головой тёплым одеялом. Но это не помогло. Я тогда застудил тройничный нерв. Много лет потом у меня периодически были страшные головные боли. Одно время мы ехали тоже на открытой площадке, но в шалашике из досчатых щитов, который мама выменяла у кого-то за продукты. Такие щиты я часто видел в полях. Они применялись для задержания снега на полях. Один раз мы ехали даже в вагоне с зерном. Нас пытались снять, грозили, что закрутят двери проволокой, если мы не выйдем, но мама проявила завидную твёрдость. Так мы и ехали на зерне. Тогда мы так пропитались зерном, что, уже, будучи в Алма-Ате, я через много месяцев находил зёрнышки в карманах, в обуви, в других местах. Так, пересаживаясь с поезда на поезд, мы, в конце концов, добрались до Алма-Аты.

Наш переезд из Одессы в Алма-Ату продолжался несколько месяцев. За это время мы хорошо ознакомились с нашими железными дорогами. Это была отдельная страна, со своими порядками, со своим населением. Жизнь здесь не прекращалась ни днём, ни ночью. Что меня удивляло? Когда бы я ни проснулся среди ночи, я видел, что люди работают, как будто никакой ночи нет. Всё было залито ярким светом, люди были заняты своим делом. Не спали и пассажиры. На каждой станции обязательно был кипяток, о чём сообщали указатели «КИПЯТОК». При остановках все бежали с чайниками и другой посудой набрать кипятку. Время было голодное, и чай был основой еды. Я видел, как паровозы загружают углём и водой.

Вода подавалась через специальные высокие колонки в виде буквы "Г". Паровоз подъезжал к такой колонке, хобот её поворачивался, и через гибкую трубу вода толстой струёй заливалась в паровоз. Важную роль на дорогах играли семафоры и стрелки. Я понял, для чего нужны стрелки, и разобрался, как они работают. Когда во время движения поезд останавливался, я слышал, как люди говорили о семафоре. Семафор напоминал великана с вытянутой рукой. Рука в горизонтальном положении означала, что семафор закрыт и ехать нельзя. Когда рука подымалась почти вертикально, можно было ехать, и люди поспешно садились в вагоны. Тогда же я понял, чем отличается семафор от светофора. Между прочим, сейчас я уже не вижу семафоров. Управление движением осуществляется светофорами.

Но самым интересным для меня были паровозы. Для перевозок использовали большие мощные паровозы. Но сохранились ещё старые маленькие с высокой трубой. На них были буквы Ов и номер. Что означали эти буквы, я не знал. Эти паровозики ласково называли «овечками». Их использовали в основном для составления состава. На больших паровозах тоже были буквы, обозначающие тип паровоза. Эти буквы были инициалами наших вождей. Например, СО – Серго Орджоникидзе, КВ – Клим Ворошилов, ФД – Феликс Дзержинский, в народе его называли Федька Дурак, и, наконец, ИС – Иосиф Сталин.

Уже по внешнему виду я издалека узнавал тип паровоза. Паровоз был огромной машиной, из него постоянно выходил пар, как будто он дышал, у него были огромные колёса с рычагами, вообще, от него исходила мощь. Через много лет,

Паровоз «Овечка»

когда паровозы заменили тепловозами и электровозами, я был разочарован. Были они какие-то куцые. Даже не было интересно за ними наблюдать. Когда паровоз тянул состав в гору, к нему присоединялся в помощь ещё один сзади или спереди. Это было грандиозное зрелище, когда два паровоза тащили огромный состав. Состав бывал очень длинным. Когда мы располагались в конце состава, при повороте мы видели паровоз сбоку далеко, далеко впереди, и не верилось, что это был наш паровоз. Передвигались мы в товарных составах, поэтому машинисты не очень церемонились.

Паровоз ИС

Перед началом движения машинист толчком подавал паровоз назад. Состав сжимался, люди падали, затем паровоз толчком же рвался вперёд, состав растягивался, и люди опять падали. Делалось это для того, чтобы легче было стронуть с места тяжеленный состав. Всё-таки мощности паровоза не хватало.

Станция Поворино. Как я уже говорил, наша память избирательна. Помнишь совершенно несущественные события, и не помнишь иногда более важные. Где же эта станция? Почему я её запомнил? Оказывается сейчас это уже город. Находится он на восточной границе Воронежской области. Вот куда нас занесло по дороге в Алма-Ату! Уже тогда Поворино был крупным железнодорожным узлом. В Поворино мы попали уже зимой. В тот год была лютая зима. Пока папа нёс воду в ведре, она успевало покрыться тонким слоем льда, и мы разбивали его кружкой, чтобы набрать воды. Папино пальто было покрыто ледяными шариками.

Капли воды, которые попали на папино пальто, по дороге тоже успевали замёрзнуть. Папа потом часто вспоминал эту станцию. Наверное, поэтому и я её запомнил.

Итак, Алма-Ата. Для эвакуированных в промзоне города построили бараки. В одном из бараков жила тётя. Вначале мы жили вместе в комнате шесть квадратных метров: тётя с двумя детьми и нас пятеро. Днём ещё как-то устраивались, кто на работу, кто в школу, кто в садик, а вот укладываться спать была проблема. Тем не менее, мы её решили следующим образом: тётя с дочкой спали на одной кровати, её сынишка на подоконнике, мой папа с сестрой на противоположной кровати, а мама, бабушка и я между мамой и бабушкой на полу. Чтобы нечаянно не придушить меня, мама и

бабушка под утро оказывались под соседними кроватями. Причём, укладывались спать в определённой последовательности, иначе просто невозможно было. Выходили в обратной последовательности. Если кому-то надо было выйти, приходилось вставать всем с пола. Иногда я спал на кровати с мамой. В одну из ночей я упал с кровати и оказался между стеной с одной стороны и чемоданом, который был под кроватью, с другой. Проснувшись среди ночи и нащупав со всех сторон стены, я подумал, что я в гробу. Я был рассудительный мальчик, поэтому не испугался, так как понимал, что этого не может быть. В чём же дело? Я начал заново ощупывать пространство вокруг. Рука моя попала между крышкой чемодана и досками кровати, и тут же всё прояснилось, и стало выглядеть совсем по-другому. Ночью власти устраивали проверки. Искали дезертиров и прочих нарушителей. Когда пришли с очередной проверкой, и мы открыли дверь, начальник с людьми даже не мог войти. Стоя на пороге, начальник сказал:

- Ну, здесь нам нечего делать, - и они ушли.

С жизнью в этой комнате у меня связаны воспоминания и о первой любви. Она жила в бараке напротив. Каждое утро она выходила с огромной лейкой и поливала цветы, и я с замиранием исподтишка наблюдал за ней из окна. В то время по «точке», так назывался репродуктор, часто передавали военные песни. Одна из них почему-то произвела на меня большое впечатление. Мелодию я до сих пор помню, а из слов запомнил только две строчки:

Ты ждёшь меня, далёкая, подруга синеокая,
Девушка любимая моя…

Когда я потом слышал эту песню, я с грустью и тоской вспоминал ту девчушку и то время.

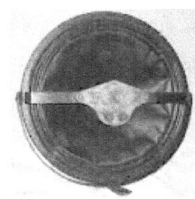 Кстати, «точка» была постоянно включена, и кроме песен меня интересовали также последние известия. Я чувствовал тревогу, когда объявляли о сдачи какого-то города, и радовался, когда позже начали передавать об освобождении или взятии городов. Я знал, за какой город сколько залпов салюта полагается, и по количеству залпов и голосу Левитана понимал важность города. Интересно, что, когда на следующий день после объявления об окончании войны, я услышал о передаче последних известий, я очень удивился. Мне казалось, что передача «Последние известия» существует только для освещения событий на фронтах. Оказывается, кого-то могло интересовать ещё что-то другое.

Через некоторое время нам выделили отдельную комнату в этом же бараке.

Всё в Алма-Ате было непривычно. С любой точки города были видны горы, мы пугались гудков, оказывается, это не была тревога, а всего лишь заводы гудели, сообщая рабочим время. Не надо было занавешивать окна, как мы привыкли в Одессе. В Алма-Ате я впервые увидел осликов, ишаков, как называли их местные, и услышал, как они кричат. Оказывается, они кричали в определённое время, и местные жители по их крику узнавали время. В Алма-Ате я увидел колонки с водой, уборные на улице, арыки, то есть каналы, по которым текла вода.

Колонка была изготовлена, вероятно, ещё до революции. Корпус её был отлит из чугуна и был в виде какого-то сказочного животного, полу птицы полу льва, из пасти  которого лилась вода. Кажется, позже я видел что-то подобное в Эрмитаже. В Алма-Ате мы узнали, что такое тридцатиградусный мороз и снег до крыши, поэтому наружные двери открывались вовнутрь, чтобы можно было открыть дверь и расчистить проходы, а летом жара под сорок. В Алма-Ате мы узнали, что такое землетрясение. Правда, в Одессе перед войной тоже было слабое землетрясение, но я его не помню. Землетрясение же в Алма-Ате помню хорошо. Оно случилось ночью. Мне снилось, что сестра бросает в меня печенье. Оказывается, мне на лицо падала штукатурка с потолка. Люди в тревоге вышли на улицу и всю ночь боялись зайти в дом. Ожидали более сильных повторных толчков. На памяти ещё было разрушительное землетрясение начала века. Но были новости и хорошие. Ведро яблок стоило что-то около восьмидесяти копеек, и всегда наполненное ведро стояло в углу: кушай, сколько хочешь. Ведь Алма-Ата в переводе означает «отец яблок». Яблоки росли в садах в предгорьях. Там выращивали уникальные сорта. Мне запомнился сорт Апорт, может быть, потому что им восхищались родители. Это были крупные яблоки, одно яблоко могло весить пол килограмма. Мне запомнились также яблоки, внутри которых вокруг семечек видны были прозрачные лимонного цвета полукольца. Эти яблоки я любил больше всего. Первое же время пока папа не начал работать было очень тяжело. Питались мы все вместе. Чтобы как-то подкрепить меня, мама брала меня с собой, покупала у торговки кусочек масла величиной с монету и заставляла меня съесть тут же с ломтиком хлеба. Собственно, заставлять не надо было. Такая еда была как лакомство.

Я вспомнил эпизод, который потом рассказывали родители с юмором. Когда подходило время обеда, мой двоюродный брат Вовка, которому в то время было около четырёх, выходил на крыльцо и звал свою сестру: «Элла, дают!».

Казахи тогда ещё относились к евреям хорошо. Ведь у нас много общих традиций. Наша соседка старая казашка, у которой никого не было, узнав, что я обрезанный, старалась меня приласкать, зазывала меня к себе, старалась чем-то угостить.

На дорогах была глубокая пыль на радость детям. Мы набирали пыль в кульки и подбрасывали их. Пыль рассыпалась, образуя пылевое облако. Мы говорили, что это «пылевая защита». Всё лето я бегал босиком. Пыль так въедалась в ноги, что даже за зиму не отмывалась. Называлось это цыпки. Зима в Алма-Ате была очень снежная. Утром после ночного снегопада приходилось прокапывать дорожки. При этом снег разбрасывали по сторонам, отчего дорожки превращались в тоннели выше роста детей. Для детей зима в Алма-Ате была сплошное удовольствие. Мы катались на санках, на коньках, сооружали из снега крепости. Мне тоже купили коньки. И не «снегурочки» с загнутыми концами, которые у нас считали девичьими, а «ласточки». Эти коньки имели острый конец, благодаря которому можно было лучше разгоняться. Когда я первый раз стал на коньки, я не мог удержать равновесие, приходилось за что-то держаться. Но очень быстро я научился хорошо кататься. Мог съехать с крутой горки, мог ехать задом, мог делать разные «фокусы».

Будучи уже взрослым, я как-то с товарищами поехал на одесский лиман, на подлёдный лов. Один из ребят взял с собой коньки. Ребята пытались кататься, но всё время падали. Я думал, что не забыл, как кататься, и, бравируя, смело стал на коньки, надеясь показать чудеса.

Стать на коньки мне удалось, и я даже не падал, но ветер понёс меня совсем не туда, куда я хотел. Под общий смех мне пришлась сесть на лёд и добираться назад уже на четвереньках. Оказывается, умение кататься на коньках со временем забывается.

«Снегурочки» с типичным в то время креплением

В Алма-Ате у меня появились местные друзья. Одного из них звали Боря. Он жил в частном доме с большим двором недалеко от нас. У них во дворе была голубятня. Я узнал, что такое голуби, как их кормят, как обучают, чтобы они возвращались назад, как их содержат и разводят. Когда в небе появлялись чужие голуби, Боря тут же выпускал своих проверенных голубей, которые приводили чужаков в голубятню. Такой голубь уже считался своим, и его выменивали у бывшего хозяина на каких-то других голубей, которыми бывший хозяин не так дорожил. При этом ни драк, ни обид не было: такие были негласные правила.

. У Бори во дворе мы построили землянку по всем канонам того времени. Вырыли удлинённую яму со ступеньками и с возвышением, чтобы на нём можно было сидеть, поверх и вдоль ямы положили длинную жердь, которая называлась «матка», и уже поперёк жерди уложили ветки. На случай приближения врагов и, чтобы не попасть к ним в плен, надо было вытащить матку, и крыша обрушивалась. Нахождение в землянке доставляло нам большое удовольствие.

Как и все дети, играли мы в войну, но не в современную, а в ту, когда воевали мечами и щитами. У нас был сарайчик, в котором стояла старая наковальня. Это была моя мастерская. С раннего детства у меня была страсть к технике, если можно назвать техникой механические игрушки. Когда у меня появлялась механическая игрушка, я должен был разобраться в её устройстве.

Кончалось моё любопытство чаще всего поломкой игрушки. Папа шутил, когда видел, как я изучаю игрушку:

- Мишенька, ты уже разобрался, откуда ноги растут?

Вот и здесь среди детей я был главным мастером. В играх ребята называли меня «мастер золотые руки». В этой мастерской я и изготовлял «оружие». Наши бараки, как я уже говорил, находились в промзоне. На свалках мы находили необходимые вещи для наших игр. Много было стальных дисков, как я сейчас понимаю, от фрикционов. Некоторые диски имели внутри зубчики, а некоторые без. Эти колёса мы приспособили гонять. Нужно было только сделать гонялку из толстой проволоки. Это я тоже делал в своей мастерской. Помню один эпизод, связанный с такой гонялкой. Однажды я, как обычно, выпрыгнул из окна в огород, который был под окнами, и почувствовал, что что-то прилипло к пятке.

С удивлением я увидел, что конец такой гонялки воткнулся в пятку. Я выдернул эту железяку, и тут почувствовал боль и увидел, что идёт кровь. Я стал ногой в прокалённую солнцем пыль, немного

потёр пяткой, и кровь остановилась. Мы привыкли к разным ранениям и обеззараживали рану таким образом или золой. Ни заражения, ни воспаления, ни каких-то осложнений не было. Похромал только немного. Родители даже не узнали об этом.

Когда вспоминаешь все наши травмы, становится страшно задним числом за детей того времени. Не помню, чтобы мама занималась моими ранами. Когда ранка не заживала сама собой, я присыпал её стрептоцидом. Я же придумал и стрептоцидовую мазь, изготовляя её из вазелина и растёртой в порошок таблетки стрептоцида. Этой мазью я смазывал свои раны, и они быстро заживали. Кстати, потом появилась похожая мазь и в аптеках. Я умел перевязывать раны. Старшеклассников учили этому, и кто-то из них показал и нам пацанам. Уже потом этот опыт мне помогал не раз, когда я сталкивался с травмами своих детей. Между прочим, уколы детям я тоже делал сам, не доверяя сёстрам.

Немного на тему самостоятельного изготовления. Многих простых нужных вещей просто не было, и люди изготовляли необходимое из подручных материалов. Я мог и делал обручальные кольца из серебряного рубля. Рубль оббивался по контуру до необходимого размера, при этом он и расширялся по периферии, затем пробивалось в центре отверстие и дальше в ход шли напильники и шлифовка. Должен сказать, что это не была игра, такие кольца носили многие. Или такой пример. Стекло для керосиновой лампы изготовлялось следующим образом. У пол-литровой банки отрезалось дно. Толстую шерстяную нитку смачивали керосином, обматывали её по месту, где надо обрезать, поджигали и опускали в воду, и донышко отваливалось. Это я тоже мог делать. Я сейчас задумался, какой теперешний семилетний ребёнок может делать такие вещи? Вот, может быть, наша внучка сможет, если сейчас в три с небольшим она рисует, вырезает ножницами и раскрашивает игрушки.

Среди нас был уже большой мальчик, значительно старше нас, который занимался фехтованием. Он нас обучал приёмам фехтования. Этот мальчик, естественно, был среди нас лучшим фехтовальщиком и, когда однажды я нанёс ему укол и считалось, что я победил, он очень хвалил меня и рассказывал всем с удивлением об этом. Я ещё сейчас помню основную позицию и некоторые приёмы. Позже, когда я был уже взрослым, мы отдали сына в секцию фехтования, и я купил ему настоящую спортивную саблю. Он очень гордился ею, и всем её показывал.

Были и другие игры. Например, лянга, так назывался воланчик, который подбивался ногой разными способами. Кстати, лянгу я тоже умел делать. В медном пятаке пробивалась дырка, через дырку пропускался клок шерсти от овечьего тулупа, снизу лишние волосы обрезались и обжигались спичкой. При этом шерсть сваривалась и хорошо держалась. Помню, как я украдкой (могло и попасть) срезал необходимое количество шерсти для очередной лянги с чьего-то тулупа, висящего в коридоре. А тулупы были классные! Я такие позже видел только в армии у часовых, и сам носил зимой, когда стоял на посту. Когда мы  возвратились в Одессу из эвакуации, я увидел примерно такую же игру. Называлась она уже по-другому, да и подбивали ногой не волан, а, стыдно сказать, мешочек с кукурузными зёрнами. Оно и понятно. Не было тулупов, да и место было другое.

Ещё одна игра, которую я никогда и нигде не встречал в дальнейшем. Это солдатики. Эту игру придумал, вероятно, кто-то из родителей, скорее всего художник, очень уж хорошо всё продумано (идея, размер, форма, конструкция). Вся одежда снималась, оружие вынималось из ножен. Всё было из бумаги, какую удавалось достать. Чаще всего это были чистые страницы из школьных тетрадей. У солдатиков снимался также шлем или шляпа, кольчуга, рубаха, ремни, пистолет вынимается из-за пояса. Единственное, что рисовалось на основе, это штаны и обувь и то не всегда. Я как-то сделал ковбоя, у которого всё снималось, включая штаны и сапоги. К тому времени я уже рисовал достаточно хорошо, чтобы самому делать солдатиков. Не было красок и кисточек. У меня были какие-то краски в керамических коробочках. Знакомые, зная, что я рисую, приносили иногда какие-то остатки красок. Всё шло в дело. Я пытался делать краски из подручных материалов. Кое-что получалось. Кисточки же я делал из волос, которые выпрашивал у сестры. Сам я был пострижен наголо, вероятно, из соображений гигиены.

Сейчас, когда я захожу в магазины и вижу изобилие красок и других материалов для художника, я вспоминаю даже не военное время, а совсем недавнее советское время, когда я увлекался живописью, и мне приходилось всё доставать по крохам.

Краски, кисти, холст, вообще, всё, всё было большим дефицитом. Даже сейчас мне обидно задним числом за нашу советскую жизнь, за то, что многие годы пропали впустую. Что говорить о красках? Не было самого необходимого. Опять я сильно отвлёкся, очень уж больно вспоминать о советском прошлом.

Продолжаю о солдатиках. При изготовлении солдатиков я пытался что-то усовершенствовать, развернуть носки более естественно, нанести тени, но всё напрасно, получалось хуже. И я оставил эксперименты. Мне было тогда семь или восемь лет. Оригинальные, хотя и сделаны были более небрежно, были явно лучше. Конечно, их делал профессионал! Играли следующим образом. На игру выставлялся один или несколько солдатиков, твой противник выставлял по договоренности равноценных. Затем бросался кубик с цифрами. У кого выпадал больше номер, тот и выигрывал. Солдатики, которые у меня сохранились, как видно, я выиграл или выменял. Мне было легче, ведь я их сам изготовлял. Интересно, что я продолжал делать солдатиков, будучи уже старшеклассником. Конечно, не для игры, а просто было интересно. Из учебников истории я находил подходящих персонажей. Были у меня и рыцари, и мушкетёры, и современные скучные солдаты, и даже женщины разных эпох. Куда всё подевалось? Совсем не помню. А как жалко!

Ещё одно увлечение, которое началось в Алма-Ате, это марки. Марки я начал собирать лет с семи. Шла война, приходило много писем и на них марки военной тематики. Я научился отклеивать марки над паром и затем наклеивал их на листы школьной тетрадки. Наклеивал правильно, с помощью бумажных полосок. Вот только клея не было, и я разжёвывал хлеб до кашицы и этой кашицей приклеивал. В результате многие марки с точки зрения коллекционера были испорчены. Использовать остатки клейкой бумаги от марок, как делают многие коллекционеры, я не догадывался. Покупал я также марки в киоске. Помню, купил в киоске три марки, посвящённые полёту в стратосферу. Я тогда не понимал о чём речь, и стратостат напоминал мне перевёрнутую бутылку шампанского. Помню марки, посвящённые Римскому-Корсакову, Чапаеву, но не красную, а более позднюю, папанинскую коричневую и многие другие. Одну марку я даже нашёл в туалете. Наш общественный туалет был на улице, и вот там на полу я увидел конверт со странной маркой. Марка была непривычно маленькая, на ней был изображён солдат, но не в нашей форме. Я аккуратно отклеил марку, отмыл и просушил её. Это была у меня первая иностранная марка. Я тогда не знал, что конверт с маркой даже имеет большую ценность. Потом начали приходить письма из Америки, и у

меня появились американские марки. У нас были в Америке дальние родственники, которые нас нашли. Тогда на западе было модным помогать родственникам в Союзе, и власти разрешали и даже приветствовали эту помощь. Помню фотографии, которые присылали из Америки, помню марки со статуей свободы. Когда война кончилась, и снова начались раскручиваться репрессии, иметь родственников за границей стало опасно, и родители уничтожили все письма, адреса и фотографии. Заодно выбросили трофейные немецкие серебряные монеты, которые дядя Тоня прислал с фронта. Так мы потеряли связь с американскими родственниками. Мама, видя моё увлечение марками, выменяла у женщины, торгующей семечками, альбом для наклеивания марок. Женщина отрывала страницы из этого альбома и делала из них кульки. Первых страниц уже не было, но осталось ещё очень много. Это был альбом, изданный ещё до революции, для колониальных марок. Место для марки было очерчено квадратиком, во многих квадратиках была отпечатана марка, которую следовало наклеить на это место. Таких марок у меня не было, и я часами с интересом их рассматривал. Через много лет и такие марки у меня были. Благодаря этому альбому я узнал о многих странах и их колониях. Однажды одна из знакомых женщин увидела у меня белые пятнышки на ногтях. «Это примета, что у тебя будет обнова», - сказала она. Целый день я ждал обновы, а её всё не было. Вечером пришло письмо с маркой, которой у меня не было, и я посчитал её за обнову. После этого случая я начал внимательно рассматривать свои ногти, ожидая очередной обновы.

Кстати, примет у нас было бесчисленное множество. Некоторые я помню и сейчас. Так, при встрече с похоронной процессией или скорой помощью, надо было сложить указательный и средний палец крестом. Увидеть во сне покойника – к дождю. Кстати, эта примета часто сбывалась. Споткнуться на правую ногу считалось не к добру. Когда у меня выпадал зуб, нельзя было его просто выбросить, надо было забросить его на крышу или в норку и сказать примерно следующее: «Мышка, мышка, на тебе старый зуб, дай мне новый». Если ты шёл с товарищем, надо было встречное дерево или столб обходить с одной стороны. Иначе можно было поссориться с товарищем. Узор на ладони, напоминающий букву "Ж", означал "жизнь", а "М" – "могилу". Помню, я радовался, что у меня на ладони была «Ж». Нельзя было говорить: "Иду за водой". Следовало говорить: "Иду по воду". Надо было спрашивать: "Который час?", так как, если спрашивал: "Сколько времени?", тут же следовал ответ: "Два еврея третий жид на верёвочке бежит". Правда, тогда я ещё не воспринимал это, как проявление антисемитизма, и мог сам так ответить. Насчёт примет я спросил маму, и она сказала, что не верит в приметы. Когда же однажды я уличил маму в соблюдении некоторых примет, она высказалась довольно оригинально: «Я не верю в приметы, но зачем рисковать?»

Продолжаю о марках. Позже уже в Одессе один из поклонников моей старшей сестры подарил мне свои марки. Марки были в основном довоенные. Сейчас им цены нет. С этих пор я начал обращать больше внимания на довоенные марки. Когда я повзрослел и начал собирать марки почти профессионально, мои детские марки составили основу моей коллекции. Я посещал клуб коллекционеров, выискивал недостающие марки и иногда платил за них приличные деньги. Постепенно у меня образовался отдельный альбом с довоенными марками. В нём были почти все марки этого периода, естественно, не все варианты зубцовок и других особенностей. Когда мы собирались в Израиль, этот альбом я оставил сыну, а остальные продал. Тогда было не до марок. Мы представляли, что уезжаем навсегда, что за границей будет не до «всяких глупостей», как говорили бывалые люди. Так оно, кстати, вначале и было, но сейчас я очень жалею, что не привёз тот альбом с собой. Сын, уезжая за границу, тоже продал свои марки вместе с моим альбомом. В Израиле я пытался восстановить тот альбом, но, во-первых, те марки сейчас очень дорогие, а во-вторых, первые же купленные марки меня разочаровали. Это были такие же марки даже в лучшем состоянии, но не мои, которые я помнил в подробностях и знал, как они ко мне попали. Я хотел именно свои марки. Остальные марки я воспринимал как копии. На этом кончились мои увлечения марками.

И ещё одна игра. В Алма-Ату была эвакуирована киностудия. Кстати, родители рассказывали, что встречали в городе Крючкова, Жарова и других знаменитых артистов. Возможно, киностудия тоже находилась в промзоне. Во всяком случае, на свалке мы находили выброшенные фильмы. Мы нарезали плёнку на отрезки по пять кадров. Эти отрезки у нас назывались «кины». Мы собирали их, обменивались ими. «Кины» шли у нас, как деньги. Я рассматривал кадры, но знакомых фильмов не находил. Очень редко попадались цветные плёнки. Они у нас очень ценились. Как видно это были «трофейные фильмы», так как на них были титры. Помню, как я был обрадован, когда на одной из «кин» обнаружил отрывок с известными актёрами из фильма «Серенада солнечной долины», который мы видели. Кстати, «трофейные фильмы» производили на меня большое впечатление. Ничего подобного в наших фильмах я не видел. Впечатление от фильмов было настолько сильным, что запомнилось на всю жизнь. Запомнились и мелодии. Сейчас я задумался, ведь мне было тогда лет восемь-девять, а мне уже нравилась джазовая музыка, чечётка, джазовая манера игры на инструментах. Сравнительно недавно я списал из Интернета те фильмы: «Серенада солнечной долины», «Сестра его дворецкого», «В джазе только девушки», «Девушка моей мечты», "Три мушкетёра", «Джордж из Динки-джаза», "Багдадский вор" и с удовольствием их смотрел. Правда, не все фильмы мне понравились так, как когда-то. Фильм «В джазе только девушки» оказался исключением. Он мне нравится сейчас ещё больше. Были ещё другие фильмы, но я уже не помню точно, как они назывались.

P.S. На самом деле фильм «В джазе только девушки» я смотрел уже после войны, но в памяти он у меня остался в одном ряду с остальными "трофейными фильмами".

В Алма-Ате мы впервые увидели пьяного папу. Папа был хороший дамский портной и обшивал жён офицеров и начальников. Однажды после завершения очередной работы его сильно напоили, привезли на машине, шофёр помог папе подняться по ступенькам, вручил его маме и извинился за папино состояние.

Папа лежал на кровати, плакал, вспоминал свою маму и повторял одно слово зовэр, что на идиш означает горько. Мама была в панике. Зашедшая русская соседка успокаивала маму такими словами: «Анка, что ты убиваешься? Ну, выпил мужчина, с кем не бывает. И не пьяный он совсем. Вот, если бы он не мог стоять на ногах, тогда это был бы пьяный, а так просто выпивший». Потом родители с юмором рассказывали о такой градации пьянства в понимании русского человека. За работу с папой часто расплачивались, так сказать, натурой. Однажды папа принёс трёхлитровую банку с топлёным маслом. Это масло мама старалась не очень расходовать, оставляя его для меня. Чтобы я мог легко достать, мама поставила банку на пол около ведра с яблоками. Я периодически мазал себе кусочек хлеба и съедал с большим удовольствием. Это масло стало поводом для шуток. Когда знакомые заходили к нам, они, шутя, спрашивали меня: «Мишенька, где твоё масло?» У нас была фотография того времени. Папа в окружении своих работниц. Он в центре худой и высокий, а по бокам женщины. Его называли Иисус Христос за страшную

Легендарный Гленн Миллер – руководитель оркестра воено-воздушных сил США, который снимался в фильме «Серенада солнечной долины»

худобу. Дело в том, что папа привык к домашней еврейской пище, а здесь в столовых, откуда мама приносила еду в судочках, был один рассольник и каши. Папа не мог это есть и почти голодал. Кажется, в то время зародилась практика помощи колхозам. Помню, нам привозили мешок картошки, нужно было отрезать примерно треть картошки с глазком. Эта часть возвращалась в колхоз в качестве рассады, а остальное оставалось нам. Вероятно, за какие-то небольшие деньги. Помню ещё, как-то у нас появились два маленьких козлёнка. Белый и чёрный. Соответственно Белка и Чернушка. Они прыгали по комнате, разбрасывая чёрные шарики. Я игрался с ними, выводил их во двор погулять. Козлята были очень забавные. На месте будущих рогов у них были маленькие бугорки, и козлята всё время бодались между собой, а иногда и со мной. Я подставлял им кулачёк, и они с ним бодались. Однажды я стоял спиной к козлёнку, и он, разбежавшись, боднул меня в попу, что вызвало веселье у окружающих. Козлята бегали за мной как собачки. Возня с ними доставляла мне большое удовольствие. Когда козлята подросли, их вернули в колхоз. Вероятно, таким образом, семьи тоже помогали колхозу.

Я вспомнил, у меня была черепаха. Она жила у меня в сарае. Однажды мы с ребятами решили проверить прочность её панциря. Мы положили её на дорогу, надеясь увидеть, как на неё наедет машина. Чем закончилось наше испытание, я не помню. Помню только, что черепаха жила у меня ещё какое-то время. Потом она исчезла. Соседи подозревали, что её сварила и съела одна из соседей – сварливая одинокая старуха, которую все подозревали во всяких пакостях.

Когда наши вошли в Германию, военнослужащие начали присылать родственникам посылки. У дяди Тони, как я писал выше, семья погибла, и дядя Тоня присылал посылки нам. Всё в посылках было удивительно.

Однажды он прислал маленький чемоданчик, набитый конфетами и шоколадом. Шоколад оказался не вкусным. Вероятно, это и не был шоколад, а какой-то заменитель. Мы, привыкшие к натуральному шоколаду, были разочарованы. Была в посылках и одежда и тоже какая-то не привычная. Однажды в очередной посылке оказались цветные карандаши. Я привык всего к нескольким цветам, как выпускались у нас, а здесь я насчитал больше сорока разных оттенков. В том числе белый карандаш. Я даже не подозревал, что бывает такое. Правда, как и шоколад, карандаши были плохого качества. Были в посылках и ручки разных конструкций. Перья у некоторых ручек не были похожи на привычные перья. Они были как будто из скрученной проволоки. Эти перья набирали много чернил, и можно было писать длительное время. Глядя на эти перья, я придумал прикреплять под обычным пером пружинку из тонкой проволоки. Пружинка тоже удерживала много чернил. Я потом делал такие перья для ребят. Были ручки с подсветкой и ещё с разными фокусами. В посылках попадались различные фонарики, зажигалки и прочие мелочи. Всё это было скорее игрушки. Никакой практической ценности эти цацки не представляли. Потом мы узнали, что посылки нам присылал дяди Тонин ординарец. Что он находил, то и присылал.

Правда, были и серьезные вещи. Например, в одной из посылок был патефон и пластинки.

Эти пластинки особенно пригодились нам уже после войны, когда сестра превратилась в девушку. У нас собирались её приятели потанцевать. Тогда мы и оценили эти пластинки. Среди них было много танцевальной музыки. Особенно  нравилась ребятам пластинка с танго и пластинки с музыкой из оперетты "Фрау Люна", так я запомнил название. Позже я уточнил композитора и название. Это была знаменитая оперетта Пауля Линке «Фрау Луна».

Однажды в посылке оказались два широкоплёночных фотоаппарата. Один совсем простой для меня. На нём была странная на наш взгляд надпись "Balda". Потом надо мной часто шутили за эту надпись. Я снимал им уже в более старшем возрасте. Как ни странно, но у меня получались неплохие снимки. Необходимой плёнки в то время не было, и я приспособился снимать на пластинки, которые были в продаже. Я заряжал одну пластинку, выходил на улицу, делал снимок, возвращался в квартиру и тут же проявлял эту пластинку. Моей первой фотомоделью была бабушка. Она часто грелась у дверей нашей квартиры. Второй фотоаппарат был дорогой. Он имел гармошку и складывался в небольшую коробку. Мы его сберегли до возвращения дяди Тони. Позже у нас в Союзе начали выпускать такой же фотоаппарат. Назывался он "Москва".

Вообще, советская власть не церемонилась и выпускала под нашими названиями многие трофейные конструкции. Например, наш «Москвич» был копией "Опель кадета", а "Победа" – копией "Опель капитана". Наши конструкции были значительно хуже. Как можно было сравнить, например, цейсовскую оптику с нашей?

Однажды дядя Тоня прислал взрослый двухместный велосипед. Мы такой велосипед видели впервые и смотрели на него, как на что-то диковинное. Этот велосипед тоже ждал возвращения дяди Тони.

В один из дней, проснувшись, я увидел на стуле офицерский китель и сразу понял, что приехал дядя Тоня. О том, что должен приехать в отпуск дядя Тоня, родители раньше говорили. Я засунул руку под подушку, а родители клали всегда подарки под подушку, и обнаружил там настоящий пистолет. Пистолет был не очень большой, меньше известного мне ТТ, без обоймы, естественно, хотя у меня всё равно не хватило бы сил нажать на спусковой крючок. Позже я разобрался: это был легендарный Вальтер. Конечно, восторгу моему не было предела. После того, как я с ним поиграл, дядя Тоня, как мне показалось, вполне серьёзно предложил мне обменяться на стартовый спортивный. Он был меньше, тоже железный и стрелял пистонами, правда, пистонов не было. Я, естественно, с радостью согласился. Я же понимал, что боевой пистолет не для игры.

Я вспомнил эпизод, связанный с оружием. После окончания войны дядя Тоня ещё несколько лет служил в комендатуре Кёнигсберга. После демобилизации он привёз маленький пистолет Браунинг и мешочек с патронами к нему. На патронах был цветной поясок, который обозначал тип пули: чёрный бронебойный, красный зажигательный, зелёный трассирующий. Когда приехал в гости дядя Яша, а он ещё продолжал служить, дядя Тоня отдал ему этот пистолет. Пистолет не нужен был дяде Яше, и я просил подарить его мне, выбросить обойму, спилить боёк, но дядя Яша, подумав, благоразумно отказался.

Мои воспоминания об Алма-Ате носят избирательный характер, но помню очень много. Так, помню, как один из старших мальчиков, который учился в ремесленном училище, показывал, как скручивать провода. Потом, когда надо было соединить два провода, я уже делал это по науке.

Другой мальчик из старших показал нам кинжал, который он сделал из напильника. Он говорил, что, когда станет старше, будет грабить по ночам прохожих. Мы смотрели на него с восхищением, как на героя.

В другой раз в комнату через открытое окно, где пара занималась сексом, кто-то из ребят бросил камень. Поднялся страшный шум. Когда мама спросила меня, что случилось, я сказал, что в комнате были проститутка и проститут. Мама рассмеялась и потом рассказала папе, поэтому, наверное, я и запомнил этот эпизод.

Я обратил внимание на странный феномен. Дети и, кстати, взрослые со злобой относятся к таким делам. Я видел часто, как дети, да и взрослые, бросали камни и били палками собак, которые совокуплялись. А как мужчины относятся к проституткам? Не презрительно или осуждающе, а именно со злобой и ненавистью, хотя сами не прочь воспользоваться их услугами.

Ещё я вспомнил интересный феномен. Я не помню, чтобы в Алма-Ате дети дрались. В Одессе же дети постоянно дрались. Иногда дрались просто, чтобы выяснить, кто сильнее. Когда мы вернулись в Одессу, первое, что я услышал от ребят, когда вышел во двор, это предложение «постукаться», т.е. выяснить в драке, чего я стою. Сначала предлагали «постукаться» с более слабым, и, если ты побеждал, то с более сильным. Так определялся твой статус. Дрались обычно до «юшки», т.е. до первой крови. Дом враждовал с соседним домом, улица с улицей. Опасно было зайти на чужую территорию. Могли ограбить и избить. Законы преступного мира распространялись и на детей. У меня был велосипед, и однажды я поехал покататься по асфальтированной улице. Легкомысленно я заехал на чужую территорию. Меня остановили местные ребята, отцепили насос, стукнули им по спине и, вообще, начали приставать. Я с большим трудом от них отделался. В дальнейшем я уже не рисковал выезжать за пределы нашего района. Интересно, но все, и взрослые, и подростки, соблюдали определённый воровской кодекс чести. Говорят, что эти законы ввёл ещё Мишка Япончик. Знакомых и бедняков не трогали и даже помогали им. Родители помнили ещё то время, когда царствовал Мишка Япончик. Мама рассказывала, что в то время по своему району можно было без опаски ходить в любое время. Однажды она с девочками, а маме было лет пятнадцать, возвращалась поздно вечером домой, и их остановила группа ребят.

- А, это Анька из двенадцатого, - узнал её один из ребят.
– Пусть идут.

Если бы их не узнали, то в лучшем случае ограбили бы.

В другой раз мама видела, как по улице мчалась площадка. Так называлась большая телега, предназначенная для перевозки тяжёлых грузов. На ней, стоял спиной к возчику, с наганами в каждой руке, один из налётчиков, а другой налётчик разбрасывал народу хлеб. Оказывается, люди Мишки Япончика ограбили пекарню. Время было голодное.

Папин товарищ держал небольшой магазин, и, естественно, платил знакомым бандитам, чтобы его не трогали и охраняли. Однажды к нему в магазин зашли незнакомые и потребовали дневную выручку. Товарищ пожаловался своим. Его внимательно выслушали и обещали помочь. Через несколько дней в магазин зашли люди, которые его грабили, извинились, вернули почти все деньги, часть денег успели потратить, сказали, что они новенькие и ошиблись.

У нас во дворе жил тихий мальчик, который повзрослев превратился в настоящего бандита. Начал он с
грабежа таких же пацанов, как он. Отбирал у них копейки, которые родители давали на завтрак, коньки и всякие цацки. Причём, уже тогда знакомых он не трогал, и даже помогал, когда обижали своих. Однажды, когда он был уже взрослым парнем, его забрали в милицию и сильно избили. Он поболел немного и вскоре умер. Соседи жалели его мать, жалели его самого, не воспринимали его как бандита. Он же был свой бандит. В Одессе бандитизм воспринимался, как своего рода профессия. Чего я не замечал в нём, так это той особой привлекательности, какой отличаются бабелевские бандиты. Наоборот, он был всегда хмурый, никогда не улыбался и не шутил, был какой-то холодный, замкнутый, мало разговаривал.

Вернёмся к Алма-Ате. Запомнился мне какой-то русский праздник, когда обливают друг друга водой. Особенно рады были дети. Обливали даже взрослых, хотя могло и попасть.

У кого-то из наших соседей была молодая овчарка. Обычно она лежала на крыльце. Иногда мимо наших бараков проходили солдаты. Вероятно, их отправляли на фронт. Пели солдаты обычно «Вставай страна огромная…» Когда собака слышала эту песню, она задирала морду и выла. Выла она также, когда кто-то из соседей получал «похоронку», и слышны были крики и рыдания. Бедное животное чувствовало тревогу.

Ещё один эпизод запомнился мне. Недалеко от нас проходила трамвайная линия. И вот дружок подговорил меня цепляться за трамвай. Он, мол, уже цеплялся. Очень легко. Я сдуру согласился. Мы остановились между остановками. Здесь трамвай полз в гору очень медленно. Когда трамвай поравнялся с нами, я по команде моего дружка ухватился за поручни. Меня сильно рвануло, и я бы не удержался, если бы чьи-то руки не подхватили меня и не втащили в вагон. И тут я с ужасом увидел перед собой строгого контролёра в форме.

- Спрыгивай! Спрыгивай! – услышал я голос дружка. Но ни о каком спрыгивании уже не могло быть и речи. Меня держали, строго выговаривали и грозили отвести в милицию. Я испугался и стал плакать. И тут я услышал знакомое: «Москва слезам не верит». В то время мы так и понимали эту пословицу, что, мол, если натворил что-то, то надо отвечать за свой проступок, а не вымаливать прощение слезами. Сейчас я слышу, что применяют эту пословицу, во что ни на есть прямом смысле: «Москва слезам не верит» и, так сказать, будь здоров. Как же так? Русский народ такой добрый и великодушный (все так говорят) и не сочувствует плачущему?

Выше я написал, как я нашёл марку в туалете. Интересно, что этот туалет я помню в мельчайших подробностях, как будто видел его вчера. Это был небольшой домик из досок, разделённый на две половинки, мужскую и женскую. В разделительной перегородке пацаны проделывали дырки, чтобы можно было подглядывать, а с женской стороны эти дырки постоянно заделывали. Внутри домика стены и дверь были заполнены рисунками и надписями. Я с интересом разглядывал эти рисунки. В основном, это были интимные части тела. Некоторые рисунки были выполнены с большим искусством. Попадались рисунки людей. Рядом было имя человека и надпись, чтобы знать, кто нарисован. В этом туалете я впервые увидел надписи, которые потом видел и в других общественных туалетах. Когда человек устраивался делать свои дела, он видел перед собой надпись «посмотри налево». Глянув налево, он видел надпись «посмотри направо», затем «посмотри назад» и, наконец, завершающую надпись «какого хуя вертишься?» Когда я первый раз увидел такие надписи, я был несколько обескуражен тем, что меня так обдурили. Туалет был обычно загажен, и приходилось с трудом находить свободное место для ног. Мы, пацаны, в таком случае просто заходили за туалет и делали свои дела прямо под открытым небом. Этот туалет на меня, вероятно, произвёл большое впечатление, так как до сих пор мне иногда снится загаженный туалет. Говорят, это к деньгам. Хотя, лично я сомневаюсь, я бы уже давно был миллионером. Говорят, о стране можно судить по её общественным туалетам. Если это так, то наша несчастная страна была, извините, вся в говне. Уже взрослым и не во время войны, а, можно сказать, совсем недавно, при, так называемом, развитом социализме, я по делам службы часто бывал в командировках. И везде туалеты были загажены, даже в гостиницах. Когда мы прилетели в Израиль, я зашёл

в туалет в аэропорту. Я чуть не заплакал от обиды за нашу уже бывшую родину. Здесь всё блестело. Невозможно было подобрать эпитет, чтобы сравнить эту чистоту.

Вот ещё один эпизод. Наш сосед купил петуха и собирался его зарезать. Как это делается, он не очень представлял, так как просто взял топор и отрубил ему голову. Петух уже без головы взлетел на крышу нашего барака и там ещё некоторое время трепыхался, разбрызгивая кровь. Сосед растерялся, а мы с интересом потом обсуждали подробности этого происшествия. Позже я не раз видел, как резали кур. Особенно на меня произвело впечатление, как старик хозяин нашей дачи в Люстдорфе делал это. Горло курицы он перегибал через указательный палец левой руки, а правой аккуратно надрезал ей горло даже не ножом, а обычным бритвенным лезвием. Держал курицу он над мисочкой, чтобы туда стекала кровь. Он делал всё так буднично и спокойно, что даже не ощущалось, что он убивает живое существо. Для меня убить живое существо всегда страшно. Я аккуратно хожу по земле, чтобы не наступить даже на муравья или другое насекомое. Особенно тяжело видеть, как убивают крупное животное. Я видел, как страшно убивают свинью, особенно, когда делают это неумело. Свинья начинает визжать ещё задолго до того, когда её начинают убивать. Видно, она чувствует смерть заранее, визжит, старается убежать, вырывается из рук, когда её ловят. Несколько мужчин с трудом тащат её и держат, пока главный убийца, не знаю, как его назвать иначе, бьёт её ножом, стараясь попасть в сердце, что тоже получается не сразу. Однажды знакомый охотник, улыбаясь, объяснял, как это надо делать. Надо бить один раз, говорил он, и потом, не вынимая нож из раны, поворачивать его так, чтобы поймать сердце. Я с содроганием слушал его объяснения. Помню, какое тяжёлее впечатление произвёл на меня рассказ Бабеля, в котором красноармеец очень умело зарезал старика еврея. Бабель так мастерски просто описал этот эпизод, что мне иногда кажется, что я сам всё это видел.

Помню, как однажды мы заметили мужчину, который наблюдал за нашим домом. Время было опасное, расцветала преступность, поэтому несколько мужчин соседей пошли к нему разбираться. Он оказался агентом КГБ, вернее как-то по другому называлась эта служба, я уже не помню, кажется, НКВД. Оказывается, наш сосед, который сидел в тюрьме, сбежал, и агент его выслеживал. Вернее, даже не сбежал, а просто пошёл проведать семью. Ему оставалось до конца срока меньше месяца. Ему уже разрешали свободное перемещение. И вот нервы его не выдержали, и он пошёл домой. Жестокая власть расценила его поступок, как попытка к бегству и добавила ему ещё срок.

Помню, как однажды пришёл к нам с бутылкой водки папин клиент, возможно, тоже какой-то агент. Вероятно, жизнь его была не сладкой. Он пил водку и жаловался. Сильно опьянев, он вынул свой пистолет и положил его на стол. Папа испугался, что он может застрелиться, и начал уговаривать его спрятать пистолет. Вероятно, папу они воспринимали не как советского человека, что, кстати, было справедливо, и не боялись, что он донесёт, потому что не только этот агент, но и многие другие приходили к нам отвести душу за бутылкой водки. Я сейчас думаю, с чем связан этот феномен? Возможно, потому что местные русские люди раньше не видели евреев, считали нас вообще чем-то инородным? Интересно, что, будучи уже взрослым и не в Алма-Ате, а в Одессе я тоже сталкивался с чем-то подобным. Многие мои русские сотрудники открывали передо мной свою душу, рассказывали о себе то, что обычно никому не рассказывают.

Помню ещё, как мама лечила папу. У папы был радикулит, как видно связанный с сидячей работой. Во время приступа мама гладила папе поясницу горячим утюгом. Утюг, вероятно, тоже был изготовлен ещё до революции. Верхняя крышка вместе с ручкой откидывалась на шарнире, вовнутрь клали уголь, который разжигали. С боков были отверстия для вентиляции. Надо было периодически раскачивать утюг из стороны в сторону, чтобы уголь лучше горел. И ещё папа ложился на пол, а я ходил у него по спине босыми ногами, что и мне и ему доставляло удовольствие. Как видно, это был не просто своеобразный массаж, но что-то связанное с энергетикой ребёнка. Сужу по тому, что, когда моя внучка лазит по мне, щипает, дёргает, колотит меня по спине, в общем, «мучает», я получаю огромное физическое удовольствие.

Иногда и я болел. Когда у меня была высокая температура, на меня накатывался один и тот же бред: как будто на меня наезжает танк. Я начинал метаться под его тяжестью, подходила мама, клала мне на пылающий лоб руку, и бред отступал. Кашель лечили следующим образом: над казанком с варёным картофелем я должен был дышать. Мама накрывала меня одеялом, а лицо закутывала полотенцем, оставляя открытым только рот. Было очень горячо, тяжело было дышать, но такое лечение помогало. Это была, как позже я понял, самодельная ингаляция. И ингаляция, и уколы, и горькие лекарства – всё это было, мягко говоря, не очень приятно. Но я не помню, чтобы я капризничал и не хотел лечиться. Позже, когда у меня самого появились дети, даже измерить температуру, была проблема. Дети капризничали, надо было их уговаривать, а такую тяжёлую процедуру, как ингаляция, вообще невозможно было сделать. Всё-таки военное время как-то накладывало отпечаток ответственности даже на детей.

Когда я начал ходить в школу, пришлось рано вставать, а для меня это было очень трудно, особенно зимой, когда было ещё темно, холодно и хрустящий снег на улице. Я тогда спросил маму, долго ли ещё надо будет вставать рано. Не помню, что мама мне ответила, помню только, что всю жизнь мне приходилось вставать рано, и я так и не привык к этому. Я «сова», с утра я не человек, только к вечеру я становлюсь активным. Когда в юношеском возрасте мы гуляли до поздней ночи, ребята уже падали от усталости, а я был как огурчик. Только сейчас я научился без труда вставать в семь утра и ложиться спать в одиннадцать. Так мне же, слава богу, семьдесят пять!

Я вспомнил один педагогический шедевр. Его придумала наша учительница. Я хорошо учился и был послушным мальчиком. И вот учительница посадила меня на последнюю парту, чтобы я лучше видел весь класс, и велела мне записывать тех, кто плохо себя ведёт. Кроме того, она сама называла мне фамилии, кого надо записать. Кончилось тем, что один мальчик, которого я записал, встретил меня после уроков и хотел побить. Пришлось маме меня встречать. Как видно, мама потом поговорила с учительницей, и учительница отменила это мероприятие.

Однажды в школу, где я учился, пришёл новый учитель. Звали его Хаим Шмулевич. Сначала его пытались называть как-то более привычно, кажется, Ефим Александрович, что-то в этом роде, но он категорически отказывался и требовал, чтобы его называли, как положено, то есть Хаим Шмулевич. И бедные русские дети, их родители и учителя мучились и стеснялись, когда надо было к нему обращаться таким именем, как будто это были нецензурные слова. Помню, родители считали этого учителя, чуть ли ни героем.

Вот что сделала советская власть с людьми. Любая национальность была почётна. Позорно было только быть евреем, и большинство евреев меняли свои имена и фамилии. Так ещё, официально и нельзя было поменять имя или фамилию! Можно было только просить, чтобы тебя называли более благозвучно. Мой папа по паспорту был Михель Зельман Лейбович. Кстати, мой орфографический словарь в Worde подсказывает, что таких имён нет?! На работе папу же называли Михаил Захарович. Я всегда знал, что меня зовут Михаил Михайлович. Когда же я получал паспорт, я с изумлением узнал, что меня зовут Моисей Михелевич. Позже, когда начали разрешать менять имя, я поменял имя на Михаил, чтобы хотя бы у моих детей было «благозвучное» отчество.

Ещё один интересный момент. Многие публичные евреи брали себе русский псевдоним. Но и тогда часто в скобках приписывали их настоящее имя, чтобы, не дай бог, люди не приняли их за русских.   Ненавижу эту, так называемую, советскую власть! Никогда не забуду унижений, которым мы подвергались со стороны этой сволочной власти, иначе её не назовёшь.

В Алма-Ате я впервые узнал, что кроме общеизвестных нецензурных слов, есть и другие запретные темы. Однажды учительница рассказывала нам о Сталине. В частности, оказалось, что настоящая его фамилия Джугашвили, а Сталин это подпольный псевдоним, и происходит он от слова «сталь», то есть, такой же крепкий, как сталь. Нужно сказать, что, когда я слышал Сталин, я тут же вспоминал Ленин, и наоборот. Поэтому, услышав, что Сталин от слова сталь, я задумался, от какого же слова Ленин? Может быть, от реки Лена, гадал я. Придя домой, я рассказал маме об уроке и, шутя, спросил: "А Ленин от слова лень, что ли?" Мама рассмеялась, а потом очень серьёзно сказала, чтобы я так больше никогда не говорил. Частная жизнь, так сказать, вождей меня в то время очень интересовала, наверное, из-за своей двусмысленности. Ленин учился хорошо, а как Сталин? Почему портрет маленького Ленина висел везде, а портрет маленького Сталина я никогда не видел? Я знал, что у Ленина была жена Крупская и что у них не было детей, так как они были революционеры, жизнь их постоянно была в опасности, поэтому они и не хотели иметь детей. А как Сталин? Есть ли у него жена? Есть ли дети? Взрослые, наверное, знали, но я не спрашивал, чувствуя, что мне всё равно правду не скажут.

Позже, став старше, я прислушивался к разговорам родителей и обратил внимание, что папа в разговоре часто вставляет на идиш: "Мыдаф швагн!" Т.е., нужно молчать! Эти два слова папа повторял, как рефрен, как мне казалось, независимо от темы разговора. С того страшного времени прошло много лет, некого и нечего уже было бояться, но в моём мозгу ещё долго нет-нет, да и вспыхивали эти два слова: "Мыдаф швагн!"

По вечерам мы собирались вокруг огонька. В земле вырывали ямку, наливали туда воду, бросали кусочки карбида, который находили на той же свалке, накрывали ямку перевёрнутой консервной банкой с отверстием в донышке и подносили огонь. Иногда газ внутри взрывался, и банка подлетала высоко, высоко. Иногда же взрыва не было, а зажигался огонёк. И в том и в другом случае мы были довольны. Когда зажигался огонёк, мы садились вокруг него и рассказывали разные истории. Помню страшную историю, которую рассказал один старший мальчик. Начал он тихим вкрадчивым голосом:

- Однажды ночью в один дом пытался проникнуть вор. Ему удалось просунуть руку в щель, и он пытался открыть задвижку. Хозяин, не долго думая, схватил топор и отрубил эту руку. Вор с криком убежал. Наутро хозяин закопал отрубленную руку во дворе. Ночью хозяин проснулся оттого, что увидел человека без руки, который протягивал к нему обрубленную руку и говорил: «Отдай мою руку, отдай мою руку, отдай мою руку»…

Тут рассказчик делал паузу и вдруг вскрикивал:
- Отдай мою руку!

Слушатели, естественно, чуть ни подпрыгивали от испуга. Вообще, в то время рассказывали много страшных историй. И о мертвецах, встающих из могил, и о привидениях, и о многом другом. В результате, я долгое время боялся темноты, боялся кладбищ, боялся спать не укрытым, мне казалось, что под кроватью прячется кто-то, когда ночью надо было встать, мне казалось, что я вижу человека. Потом оказывалось, что это занавес я принимал за человека. В другой раз я увидел ночью сидящего человека. Это оказался пиджак, накинутый на стул, а сверху лежала шапка. По этому поводу мама дала мне такой совет: «Когда ты видишь что-то страшное, подойди и потрогай». Я потом, преодолевая страх, подходил ближе и, действительно, видел уже реальность.

Что ещё? Помню, как в Алма-Ате пустили первый троллейбус. Его конечная остановка была недалеко от нас. Здесь они разворачивались, здесь их ремонтировали. Отработанные графитовые вставки бросали прямо на землю. Мы подбирали их и пытались приспособить для своих игр. Валялись куски провода. Я всё внимательно рассматривал. Провод имел необычный профиль. Он напоминал восьмёрку с маленькой головкой. За эту головку провод крепился к подвескам. Штанги почему-то всё время слетали. То ли конструкция была несовершенна, то ли ещё не было опыта у водителей. Интересно, что хотя и шла война, все водители были мужчинами. Потом в Одессе я видел одних женщин за рулём троллейбуса.

В одну из ночей в окно постучала знакомая и радостно сообщила, что кончилась война. Мы вышли на улицу. Во всех окнах горел свет, улицы были полны ликующих людей. Все поздравляли друг друга, смеялись, пели песни. Евреи пели на идиш:

Золмен лэйбен оле хаим, ай-яй-яй,

Фардем лэйбен, фардем наим, ай-яй-яй,

Фардем бухер, фардем Сталин, ай-яй-яй...

Я, может быть, не совсем правильно запомнил, но смысл был такой: "Давайте жить все вместе и подымем бокалы за новую жизнь и за хорошего парня товарища Сталина". Казалось, что всё изменится, что будет только хорошо. А впереди совсем скоро будет убийство Михоэлса и разгром Антифашистского комитета, то есть уничтожение еврейских деятелей культуры, и "дело врачей". Но об этом ещё никто не догадывался, и люди радовались и веселились.

Вскоре мы вернулись обратно в Одессу.

Глава третья. Наш класс

4-й класс. Я наверху слева.

Мы учились в особенном классе. По странной случайности у нас в классе собрались яркие ребята. Все мы были немножко ненормальные, каждый по-своему. Наряду со способными учениками у нас были и хорошие спортсмены, и отъявленные баламуты и хулиганы. Среди наших спортсменов был мастер спорта Алик Штейн и несколько перворазрядников. У нас был уникальный по способностям ученик Лёня Цеслер. Я помню, как учитель математики, когда не мог от нас добиться ответа на трудный вопрос, отчаявшись, говорил: «Цеслер, объясни классу». Учителю даже не приходило в голову, что Цеслер может чего-то не знать. Ребята из параллельных классов боялись приближаться к нашему классу. Любимым развлечением на большой перемене у нас было затащить зазевавшегося ученика из другого класса, положить его на учительский стол, расстегнуть штаны и измазать внутри всё чернилами. Называлось это «делать обрезание». При этом весь класс улюлюкал и плясал, как африканские дикари. Учителя мучились с нами, особенно доставалось нашему классному руководителю, так как за все наши безобразия отвечать приходилось ему. Это был молодой ещё учитель не на много лет старше нас. Звали его Борис Ильич Хуторецкий. Борис Ильич пытался нас воспитывать, нажимая на психологию. Мы любили его, но наш необузданный темперамент каждый раз давал сбой. Издевались мы и над беззащитными учителями. Учительница географии, полная женщина, была с каким-то нервным тиком. Периодически она закрывала глаза. За это её прозвали «Солнышко, закрой глазки». Во время её урока один из наших хохмачей Мишка Мендельсон садился на первую парту и, глядя на учительницу преданными глазами, просил: «Солнышко, закрой глазки». Говорил он тихим голосом и прикрывал ладонью рот, чтобы учительница не слышала, но класс, естественно, слышал. «Солнышко, ну закрой глазки, умоляю», - продолжал он. И тут учительница и в самом деле закрывала глаза. Класс ржал и веселился. Учитель химии, тихий затюканный еврей, вообще старался не обращать на нас внимание. Во время урока каждый делал, что хотел. Ходили по классу, пересаживались с места на место, списывали у отличников домашние задания. Учитель ловил чей-то взгляд и, рассказывая урок, обращался только к нему. Несчастный ученик делал рукой за спиной умоляющие знаки, чтобы кто-то его сменил. Кто-нибудь, сжалившись, задавал вопрос, учитель переключался на него и уже рассказывал ему. И так мы передавали внимание учителя от одного к другому. Ещё мы придумали такое издевательство. Все начинали тихо мычать с закрытым ртом. Все занимались своими делами и мычали. Учитель сначала не мог понять, откуда этот звук, а когда догадывался, то видел доброжелательные лица и гнев его проходил. Однажды мы придумали такой фокус. Все начали медленно двигаться с партами к учителю. Вдруг учитель обнаружил, что стоит посреди класса, а вокруг него мы на партах. Недавно на очередной встрече я услышал и вспомнил ещё несколько эпизодов. Однажды во время ремонта нас временно переселили в зал. В зале была сцена. И вот во время урока учитель вышел на минуту из класса.

Этого хватило, чтобы весь класс залез под сцену. Когда учитель вернулся, он с изумлением увидел пустой класс. Только что был полный класс, и вдруг все исчезли! Учитель, наверное, подумал, что у него галлюцинации. В другой раз Мишка Мендельсон и Эдик Никитенко во время урока поймали муху, привязали к ней нитку и пустили летать по классу. Муха летала по классу и жужжала. Она летала над головой учителя математики Ивана Григорьевича и пыталась сесть ему на лысую голову. Класс, конечно, неистовствовал. Однажды Эдик Авдин пришёл в пальто с цепочкой на воротнике вместо петли. У всех матерчатая петля, а у него цепочка. Ребята заинтересовались.

- И что, она крепкая? – спросил кто-то.
- Очень крепкая! – похвастался Эдик. Тогда ребята засунули его в пальто, завязали руки шарфиком, и повесили его за эту цепочку на вешалку. Когда вошёл учитель, он увидел раскачивающегося Авдина, висящего на вешалке. В другой раз кто-то придумал такое развлечение. Один из наших учеников, не помню кто, приносил постоянно на завтрак бутерброд с колбасой. Так вот, однажды у него вынули колбасу и положили вместо неё листик бумаги с надписью «колбаса». Все уже знали об этом и с радостью ждали, что будет, когда жертва выймет бутерброд. Причём, делали все эти безобразия не, потому что хотели кому-то насолить, а ради развлечения. Обычно безошибочно выбирали такого, чтобы потом была необычная реакция. Обо всех наших безобразиях не расскажешь. И вот на фоне всего этого у нас были талантливые и дружные ребята. Как выразился недавно один из нас, в нашем классе были или таланты, или сумасшедшие, или и то и другое одновременно. Кстати, один действительно заболел душевной болезнью. Впоследствии из нас получились хорошие инженеры, врачи, актёры, музыканты, журналисты, писатели. Так, например, Эдвиг Арзунян стал писателем. Много занимается палеовизитом. Саня Вайнблат, или просто Ваня, как мы его называли, журналист и поэт, стал главным редактором одной из еврейских газет. Гриша Подольный стал артистом, Жора Ремизенко врачом, причём, главным. Нашего классного руководителя мы любили и любим, не забываем и через

много лет. Периодически мы встречаемся всем классом и приглашаем нашего классного руководителя. Нас становится всё меньше и меньше, и с годами наша дружба только укрепляется. Одним из первых ушёл от нас Витя Чумаченко, Чумчик, как мы его называли. У него с детства было больное сердце. Об этом нам рассказал на одной из встреч Алик Штейн. Потом и сам Алик погиб. Говорят, он плавал на грузовом судне, и в одном из рейсов его убили. Так часто бывает с сильными людьми.

Когда мы оканчивали школу, несколько наших учеников претендовали на медали. Наш директор, бывший военный политработник с красноречивой фамилией и соответствующим именем Касьяненко Иван Иванович, не мог допустить, чтобы евреи в его школе получили медали, и он добился, чтобы под предлогом плохой дисциплины в классе не дать им медали. Кстати, о культурном уровне нашего директора можно судить по следующему его выражению. Когда он наказывал кого-то, он говорил: «Встань и постои», с ударением на «и». Так вот, в знак протеста несколько учителей евреев ушли из школы. Среди них был, естественно, наш Борис Ильич, тишайшая учительница английского языка с экзотическим именем Сара и, кто бы мог подумать, учитель химии, как сказал классик, «жалкая ничтожная личность». А другие смелые и сильные учителя, которых мы уважали, кстати, тоже евреи, остались. Мы им потом мстили, не приглашая их на наши встречи.

Вспоминая ребят, я, может быть, не всё точно описываю. Возможно, в действительности было не совсем так, но я так запомнил. Это не лучшие и не худшие ребята. Просто они и то, что с ними случалось, мне почему-то запомнилось больше.

P.S. Недавно мне рассказали, что учитель химии на самом деле не увольнялся. Хотел уволиться, но не решился. Он потом приходил к Борису Ильичу, плакал, говорил, что у него двое детей, и он не может рисковать. Это был 1954 год, совсем недавно умер Сталин, и страх ещё сидел в головах людей, и потом ещё много, много лет оставался в народе.

Сима Белинский хорошо учился и был хорошим спортсменом. После уроков, а иногда и во время какого-то урока, ребята ходили поиграть в футбол или волейбол. Сима считался одним из лучших волейболистов в школе. Ребята любовно называли его Рэвой по фамилии знаменитого волейболиста. Настоящий Рэва в то время блистал в нашем волейболе. Он играл в команде ЦСКА и входил в сборную Союза. Рэва отличался очень хорошей прыгучестью. На этом основывалась его знаменитая комбинация. Рэва выпрыгивал высоко над сеткой, заносил руку для удара, и в этот момент ему подавали мяч снизу прямо под руку. Рэва буквально вколачивал мяч в площадку рядом с сеткой. Блокировать его было невозможно. Болельщики специально ходили посмотреть на его игру и с восторгом принимали каждый успешный его удар. Симка также увлекался боксом. Старостой нашего класса был Алик Штейн. Алик был мастером спорта по борьбе и считался признанным силачом. Так вот, Симка на уроках физкультуры часто и довольно успешно боксировал с Аликом в перчатках. Мне казалось, что Алик может одним ударом убить, а Симка боксировал с ним на равных. Видел я Симку и в драке. Был у нас такой здоровяк по фамилии Морозов. Ребята опасались иметь с ним дело. Однажды на перемене я был свидетелем такой сцены. Что-то случилось у Симки с Морозовым, и тот пошёл на Симку с кулаками. Симка не оробел, принял боксёрскую стойку и нанёс Морозову несколько чувствительных ударов. Морозов сразу успокоился и отошёл в сторону, вытирая кровь с губ и говоря угрозы в Симкин адрес. И вот этот парень, любимец ребят и девчонок, влюбился в смазливую девочку. Что он в ней нашёл, для меня было загадкой. Она же не очень отвечала ему взаимностью. Я очень переживал за Симку. Когда мы окончили школу, я потерял Симку из вида. И вот через много, много лет я узнал от наших ребят, чем закончился их роман. Девочка вышла замуж за другого, Симка тоже женился на другой. Сейчас все они в Америке и иногда встречаются семьями.

Котя Пилипенко был чем-то похож на Симку. Тоже хорошо учился. Они сидели на одной парте и дружили. Кстати, Котя тоже претендовал на медаль, и, несмотря на то, что он был русским, и ему за компанию медаль не дали. После окончания школы я ни разу Котю не видел. Говорили, что он уехал то ли в Сибирь, то ли на Дальний восток. А недавно я узнал, что он умер.

Зорик Аврутин был большой любитель девочек. В отличие от нас, он не стеснялся дружбы с девочками и, о ужас, гулял с ними по улице. Его подружкой была Валя. Валя жила напротив нашего дома. У неё была собака, похожая на пуделя. Валя постоянно гуляла со своей собакой. Глядя на неё, мы с Эдвигом открыли шутливый закон, по которому собака всегда похожа на своего хозяина. Кстати, в дальнейшем я действительно наблюдал справедливость этого закона. Зорик был прирождённым артистом. Он участвовал в самодеятельных спектаклях, и я всегда поражался его умению перевоплощаться. После окончания школы Зорик пять раз поступал на театральное отделение университета и, в конце концов, добился своего. В дальнейшем Зорик работал завлитом в нашем знаменитом театре оперетты.

Алик Розенберг жил рядом со школой. Я как-то был у них. Их дом был ещё дореволюционной постройки. Потолки в комнатах были высокие, стены толстые. На стенах висели старинные картины. Одна из них привлекла моё внимание. Это были Адам и Ева. Картина была довольно большая, в золотой раме. Мой интерес к картине объяснялся обнажённостью персонажей. Когда, будучи взрослым, я услышал анекдот по поводу детской логики, я вспомнил эту картину. Анекдот был такой. У картины Адам и Ева стоят мальчик и девочка.

- Кто же из них Адам, а кто Ева, - спрашивает девочка.

- Если бы они были одеты, я бы сразу догадался, - отвечает мальчик.

У Алика был новый красивый спортивный велосипед. У меня тоже был велосипед. Правда, старый и немного ржавый. Мама купила его для меня у кого-то. Велосипед был немецкий и очень хороший. Особенно я гордился его «втулкой». Это был главный механизм в велосипеде, от которого зависела надёжность и качество езды. На рычаге этой втулки была эмблема знаменитой в то время велосипедной фирмы. Мы с Аликом часто катались вместе.

Он уже хорошо ездил, а я не очень. Однажды он предложил покататься в Дюковском парке. До него было довольно далеко и я, как говорится, сдрейфил. Потом меня мучили угрызения совести за мою трусость.

Алик не дожил до окончания школы. Это была первая наша потеря.

Одним из ярких представителей нашего класса был Павлик Юкельзон. Он прославился тем, что мог списать на любом уроке при любом учителе. Сидел Павлик на первой парте и тем не менее никто не мог поймать его на месте преступления. Однажды, разбирая итоги контрольной работы, учитель русского языка, наш любимый Борис Ильич, обращаясь к Павлику, сказал:

- Я поставил тебе четыре. Вижу по тексту, что ты списывал. Я весь урок наблюдал за тобой, но ничего подозрительного не заметил. Я не буду тебя ругать, не изменю отметку, только скажи, как ты это сделал.

Павлик скромно молчал, а мы потом долго веселились по этому поводу. Ещё один эпизод о Павлике. Перед какой-то контрольной Павлик придумал написать на парте карандашом шпаргалку. Сделал он это заранее. Фокус был в том, что на чёрной парте издали ничего видно не было. И вот на перемене в отсутствии Павлика кто-то для смеха поменял парты местами. Когда Павлик во время контрольной обнаружил, что записи его пропали, удивлению и растерянности его не было предела. Не помню уже, чем это кончилось, но шутка, надо сказать, была жестокая. Я как-то был у Павлика, и он ставил мне пластинки Петра Лещенко. Лещенко в то время был, чуть ли ни запрещён. Однако в Одессе кустарным способом на рентгеновских плёнках изготовляли пластинки с его песнями. Мне его песни нравились, хотя, как комсомолец, я тогда считал, что слушать Лещенко могут только, так сказать, мещане.

В школьные годы под влиянием Эдика Авдина я начал увлекаться радиолюбительством. Мы с ним собирали ламповый приёмник. Вернее, он собирал, а я ему помогал. Был, так сказать, на подхвате. На столе, где он собирал приёмник, было полно проводов, инструментов и всяких запчастей.

- Подержи приёмник, - сказал Эдик, - а я наведу порядок на столе. – Только не забудь вынуть вилку из розетки, - добавил он, зная мою неопытность. Я осторожно вытащил вилку из розетки и только дотронулся до приёмника, как получил сильнейший удар током. С изумлением я смотрел на вынутую вилку и не мог понять, откуда взялось напряжение.

- А! – догадался мой умный товарищ, - это на тебя разрядился конденсатор. Теперь можешь брать.

Видя, что я боюсь, он сам взялся за приёмник и тут же получил такой же удар током.

- Это второй конденсатор разрядился, - подумав, прокомментировал Эдик.

Одним из наших хохмачей был Изя Лерман. Чтобы нас веселить, он придумал смех, напоминающий ослиное ржание. Весь класс не мог сдержаться, когда Изя начинал так смеяться. Я вспомнил, как однажды через несколько лет после окончания школы я встретился с Изей в трамвае. В то время у меня были проблемы с животом. Подозревали язву желудка. Вид у меня, как видно, был кислый.

- Что такое? – спрашивает Изя с улыбкой громко на весь трамвай. – Не стоит?

Я растерялся и начал затравленно оглядываться.

- Да, вот, живот болит, - говорю тихо.

- Так сходи в туалет.

Мы тогда ещё были молодыми, и только начали знакомиться с болезнями.

Недавно при встрече один из ребят рассказал, как умирал Изя.

- Нет уже Изьки, - печально сказал он, отвечая на мой вопрос. – У него было что-то с ногами. Сначала ампутировали одну ногу, потом другую... Так он и умер.

Однажды на уроке физики учитель вызвал к доске Павлика Молдавского, чтобы продемонстрировать электрическую машину. Когда крутили ручку, машина вырабатывала ток. Между шариками с треском проскакивала искра. Павлик оробел, и острый на язык учитель сказал:

- Подойди, не бойся, мамина радость.

С тех пор к Павлику приклеилось прозвище «Мамина радость» или просто «Мама». Кстати, мы любили учителя физики за его остроумие и шутки. Во время объяснения нового материала он рисовал нам двух проволочных человечков с большими носами. Одного звали Этот, а другого Тот. Я взял на вооружение такой принцип изображения человека. Когда я увлёкся йогой и вёл конспект, я изображал йоговские позы в виде такого человека. Также для своих детей я рисовал такого человечка. Учитель часто задавал нам в качестве домашнего задания изготовить какую-то конструкцию. Помню, однажды надо было сделать устройство для демонстрации потока горячего воздуха. Это был пропеллер, установленный на игле, под ним была свеча. Когда зажигали свечу, пропеллер начинал вращаться. Моя конструкция была признана лучшей за работоспособность, а конструкция Гриши Басина лучшей за красоту. С учителем физики косвенно был связан ещё один эпизод. Мы тогда жили на даче, а по соседству жил его взрослый сын. Его звали тоже Миша. Мне было странно видеть, как сын похож на своего отца. Тот же голос, такой же шутник. Он заходил к моей старшей сестре. Я тогда сделал флюгер в виде пропеллера и установил его на крыше нашей хибары. Пропеллер крутился и поворачивался в сторону ветра. Миша увидел и говорит в своей шутливой манере:

- Почему ты не сделаешь, чтобы он вырабатывал ток?

Я замялся:

- Это же трудно.

- Не так уж трудно, - улыбнулся Миша.

Одним из ребят, заболевших в дальнейшем душевной болезнью, был Вова Збир. В школьные годы это был обыкновенный ученик, такой как многие. Не очень хорошо учился, но и не хулиганил и не участвовал в наших безобразиях. Не помню, правда, чтобы он улыбался или смеялся. Этим, может быть, он отличался от остальных. Однажды, когда я уже работал конструктором, я встретил его в научной библиотеке. Я уже знал о его болезни. Раньше я думал, что душевнобольные похожи на детей. Так, по крайней мере, их изображают в кино и театре. Ничего подобного я в нём не увидел. Единственное, что бросилось в глаза, это его взгляд. Впечатление было, что он всё время мучительно думает о чём-то, что какая-то мысль не даёт ему покоя. Он рассказал мне, что сейчас его болезнь в стадии ремиссии, что ему дали инвалидность, и от нечего делать он занялся изобретательством. Изобретал он многоэтажные теплицы. Кстати, идея совсем не плохая. Я только думаю, что они уже давно существуют. В общем, я постарался поскорее с ним расстаться. После встречи с ним у меня осталось тягостное впечатление. Позже я видел ещё душевнобольных. Никто из них не был похож на ребёнка. Даже по внешнему виду было видно, что они тяжело больны. Особенно поражал их взгляд. Мне кажется, поэтому невозможно правдоподобно сыграть или симулировать душевнобольного. Вскоре Збир умер.

Одного из наших учеников звали Жора Моисеенко. Он был очень похож на Маяковского. Помню, мы гордились тем, что у нас такой товарищ.

Однажды мы с Аликом Шустерманом возвращались домой после школы. Нам было по дороге. В то время в Одессе была паника. Говорили, что какая-то банда делает смертельные уколы в транспорте и просто на улице. Люди боялись ездить в трамваях и, вообще, с настороженностью смотрели на всякого приближающегося человека. Алик был крепким парнем и с жаром говорил, что убил бы того, кто делает уколы, только бы встретить его. Кулаки Алика яростно сжимались.

Учась в институте, я посещал секцию вольной борьбы. Тренер, вероятно, возлагал на меня надежды. На тренировках он ставил мне в пару ребят тяжелея меня. Со мной было трудно бороться. Я не был агрессивным, и это успокаивало соперника. Вдруг я мог взорваться и проводил приём. Кроме того, я был очень цепким. Соперники всегда нервничали, борясь со мной. Вроде бы я был слабее, а сделать со мной ничего не могли. Однажды на тренировку пришёл Алик Штейн со своей подругой, тощей русской женщиной. Он увидел меня, но не подошёл, только кивнул головой. Как видно, у него были проблемы. Он поговорил с тренером и вскоре ушёл. Но я почему-то запомнил этот эпизод.

С Эдвигом Арзуняном мы дружили с третьего класса. О нашей дружбе можно писать роман. Может быть, Эдвиг напишет об этом. Большую часть времени я проводил у них дома. Когда я у них задерживался, мама Эдвига приглашала меня к обеду. Мама Эдвига была венгеркой, а папа армянином. Может быть, поэтому некоторые блюда были мне в диковину. Я запомнил яичницу с помидорами и суп с мидиями. У нас в доме таких блюд не было.

Соседом у Эдвига по коммунальной квартире был художник, Яков Ольшанецкий. Мы называли его дядя Яша. В коридоре стояли картины лицевой стороной к стене. Сразу после войны у многих сохранились маленькие потёртые фотографии погибших, и люди заказывали у художников рисованные портреты с этих фотографий. Рисовал дядя Яша и портреты наших вождей, а также передовиков производства. Я обратил внимание, как дядя Яша срисовывает с фотографии. Он разбивал фотографию на квадратики и будущий портрет тоже уже на большие квадраты, и потом срисовывал соответственно по квадратам. Я с детства увлекался рисованием, и взял этот метод на вооружение. Позже, став взрослым, я увлёкся живописью и нуждался в советах профессионала. Эдвиг посоветовал мне обратиться к дяде Яше. Я пришёл к нему в студию, у него уже была своя студия на берегу моря. Дядя Яша меня сразу узнал, показал мне некоторые свои работы, посмотрел то, что я ему принёс, между прочим, сдержано похвалил некоторые и отвечал на мои вопросы. Ему уже было, наверное, за восемьдесят, и он очень переживал за будущее своих картин. Он собирался завещать их одной из галерей. Дядя Яша до конца жизни оставался местечковым евреем, поэтому идейные картины, которые требовали в советское время, у него не получались. Писал дядя Яша в основном натюрморты и портреты, иногда пейзажи. Техника у него была очень высокая. Писал он в стиле русских художников конца девятнадцатого века. Работал над картиной долго, тщательно, часто переделывал и начинал с начала. Он показал мне ещё не законченный натюрморт с фруктами и мясом. Всё было прекрасно выписано. Я осмелился сказать, что фрукты с мясом как-то не смотрятся, и на удивление он согласился со мной и сказал, что уберёт мясо. Он показал мне каталог своих картин. Рассказал, что его картины находятся во многих странах, а в последнее время их скупают почему-то японцы. Я видел его картины в Одесском русском художественном музее.

В квартире у Эдвига стоял маленький рояль. Эдвига учили музыке. Я имел хороший слух и научился у Эдвига играть «Собачий вальс», естественно, и ещё какие-то пьесы. И сейчас я могу сыграть «Французскую песенку» Чайковского. С этого началось моё увлечение музыкой. Музыкантом я не стал, но на аккордеоне и на гитаре играть умел.

Отец Эдвига был выдающимся инженером. Мне кажется, в то время вообще не было плохих инженеров. Это потом советские вузы начали штамповать инженеров, что называется, пачками. Уровень их, конечно, был ниже всякого понимания. Это особенно стало видно, когда масса народу хлынула на Запад. Из них считанные инженеры могли работать по специальности.

Так вот, папа Эдвига был выдающимся инженером в своей области. Одно время он строил что-то в Херсоне, и взял нас с Эдвигом на лето к себе. Его дом был недалеко от одного из притоков Днепра. На этой речке у них была лодка, и мы с Эдвигом всё время проводили на этой речке. Учились грести и доплывали до самого Днепра. Дальше плыть мы опасались. По Днепру ходили баржи и пароходы, и плыть было небезопасно.

Я уже не помню подробности нашей жизни в то лето, и, вообще, иногда мне кажется, что это было во сне, настолько всё это было фантастично.

Глава четвёртая.
Служу Советскому Союзу

После окончания школы я попытался поступить в институт. Из-за явного антисемитизма приёмной комиссии я получил низкие оценки на экзаменах и, естественно, не прошёл по конкурсу. Я уже был призывного возраста, но повестки из военкомата всё не получал. На работу меня не брали без справки из военкомата. Неопределённость положения заставила меня пойти в военкомат. Там мне сразу вручили повестку. Так началась моя служба в армии.

Служил я в Сталинграде в танковых частях. Это было начало шестидесятых. Служба в армии давалась мне нелегко. На то было несколько причин. Я был, что называется, маменький сынок. Никогда до этого я не жил вдалеке от родителей. Мало того, я лет в 15 первый раз покупал в магазине. Мама послала меня купить хлеб, продавщица замешкалась со сдачей, я постеснялся напомнить, и ушёл. Мама потом ходила в магазин объясняться с продавщицей. Благое дело все знали друг друга, поэтому всё решилось просто. Я стеснялся громко разговаривать, чтобы не привлекать к себе внимание. По этой же причине я стеснялся даже первым здороваться с соседями, и соседи иногда жаловались маме на мою, как им казалось, невоспитанность. В общем, я напоминал того еврейского мальчика из анекдота, который на зов матери спрашивал:

- А что, мне уже холодно?
- Нет, ты уже голодный.

И вот такой еврейский мальчик попал в среду, где служили и бывшие уголовники, и почти необразованные ребята из деревень, и вообще всякий сброд. Кроме того условия жизни были тяжёлые. Кормили плохо, часто мёрзлой картошкой, рассольниками, супом из рыбы, кашами, кислым хлебом. Всё время я был голоден, постоянно меня мучила изжога. Было тяжело и физически. Я, однако, как говорят, с честью переносил все тяготы тогдашней армейской жизни. Всё время я помнил о своём еврействе, и не хотел быть хуже других. С оружием я обращался часто лучше остальных, на посту я тоже лучше выполнял все требования устава, во время учений я ночью ходил через поле, где можно было встретить и волка и собаку, которая охраняла отару овец и которая была пострашнее волка. С удовлетворением я слышал в разговорах ребят между собой о моей стойкости и смелости. Хотя только я знал, чего мне стоила моя смелость. В то время я был влюблён в свою будущую жену, писал ей письма почти каждый день, представлял себе, что она постоянно видит меня, не хотел перед ней позориться, и вёл себя соответственно. Это тоже помогало мне в моей службе.

Однажды на учениях, был случай, когда проезжая какой-то глухой полустанок, я вдруг увидел её стоящей на перроне. А однажды в чужом и далёком городе я узнал её в идущей впереди женщине. Я знал, что этого не может быть, и только догнав и заглянув ей в лицо, я убедился, что это совсем незнакомая женщина. Я мечтал написать стихи об этом своём состоянии, а потом, кажется, у Кирсанова, с бьющимся сердцем прочёл точно такие же стихи, которые мечтал написать сам.

Тогда я впервые задумался о том, что всё когда-то с кем-то уже было. Мне казалось, что я какой-то особенный, не похожий на других. Что мысли мои, мои чувства, ощущения, любовь - также особенные. Нет. Всё уже было с кем-то давным-давно и ещё будет.

Как человека образованного меня зачислили в учебный батальон, где я учился на радиста командирского танка. В учебном батальоне был образцовый порядок и жёсткая дисциплина. Старшина нашей роты был сверхсрочником. Судя по медалям, он, вероятно, ещё участвовал в войне. Приходил он вечером в казарму в идеально чистой и отглаженной форме, хорошо выпившим и «воспитывал» провинившихся. Тренировал нас быстро раздеваться перед сном. Были даже определённые нормативы. Помню, я раздевался за сорок пять секунд при нормативе, кажется, в минуту. Это был очень хороший показатель. Потом эти дурацкие нормативы справедливо отменили. Оставили нормативы только для подъёма по тревоге.

За провинность заставляли бегать в противогазе, ложиться на землю и вставать бесчисленное количество раз. Ещё такое наказание: надо было выкопать яму, а потом её закопать. Я сейчас вспоминаю это бесчеловечное отношение к солдатам и удивляюсь: неужели это всё в самом деле было?

Зато сама учёба были интересной. Мы тренировались работать на «ключе» азбукой Морзе. Мне помогал хороший слух. Оказывается, не надо было считать точки и тире, а запоминать буквы, как мелодию. Ребята в нашем взводе были все после десятилетки, что облегчало общение.

Позже, когда после окончания учёбы я попал в действующий полк, общаться приходилось и с бывшими уголовниками. Танковый полк, в который меня направили служить после окончания учёбы, был кадрированный, т.е. в нём было очень мало техники и личного состава. Предполагалось, что в случае войны его пополнят до штатного расписания. Я хорошо рисовал, и меня сразу забрали в штаб, где я оформлял карты, рисовал плакаты и прочее. Я же оформлял стенную газету, был редактором. Я выпрашивал у ребят какие-то заметки и перерабатывал их в статьи. Фактически я сам и делал газету.

При мне Жуков был ещё министром обороны. Как я понимаю, он был большим деспотом и самодуром. Он, например, ввёл правило, по которому по военному городку можно было передвигаться либо строем, либо бегом. Он также ввёл занятия физкультурой для офицеров штаба, и иногда пожилые и полные люди должны были карабкаться на перекладину, что вызывало смех и насмешки у солдат. Офицеры также бегали кросс, при этом иногда случались несчастные случаи. А солдаты и недалёкие офицеры любили Жукова и уважали его. Почему простой народ любит Сталина и того же Жукова?   Мне кажется, что природа для того, чтобы вид выжил, заложила в слабых существах покорность сильному. Посмотрите, как рядовые уличные собаки пресмыкаются перед вожаком! То же среди других животных и, кстати, среди большинства людей. О нашем замтыла рассказывали, что провинившихся солдат он просто бил. Однажды один из солдат проворовался, и этот офицер не отдал его под суд, а завёл к себе в кабинет и, как говорили ребята,   отпиздил его. При этом солдаты одобряли этого офицера и уважали его. И, действительно, с точки зрения простого человека лучше терпеть привычные побои, чем сидеть в тюрьме.

В нашем полку, как и положено, была разведрота. Так как полк был кадрированный, то в роте был всего один лёгкий плавающий танк и человек шесть личного состава. Танк был ещё секретным, и почти всё время находился в зачехлённом виде. Летом я жил с разведчиками в одной палатке и дружил с ними. Командиром роты был невзрачный майор, который совсем не вязался с моим представлением о разведчике. И в одежде, и в манерах он был похож на штатского. Тем не менее, он и во время войны командовал разведкой. Иногда он делился с нами воспоминаниями о войне. Меня поражали его рассказы, которые совсем не были похожи на то, что нам показывали в кинофильмах. На наши расспросы он как-то сказал:

- В разведке на вражеской территории очень страшно. Когда слышится где-то выстрел, все падают на землю. Всем кажется, что стреляют именно в тебя.

Ребята же в роте все были как на подбор. Коля Алексеев был сержантом и командовал ребятами. Это был крепкий парень, смелый, даже отчаянный. Во время учений он проникал на территорию нашего «противника» и, бывало, вступал в настоящую драку, когда его обнаруживали. Был ещё один Коля, фамилии его я уже не помню. На гражданке он был штангистом. Мог выжать сто килограмм. У него был хороший импортный баян, а, может быть, это был такой аккордеон. Клавиатура была, как у баяна, а оформление и звук, как у аккордеона. Играл Коля, впрочем, неважно. Ещё один парень, с которым я больше дружил. Звали его Саша. Он хорошо пел под гитару и этим покорил меня. По вечерам он брал гитару, и мы подпевали ему. Саша научил меня некоторым аккордам, и с этого началось моё увлечение гитарой.

На учениях же мне делали первую в моей жизни операцию. Когда в школьные годы моему товарищу делали операцию по удалению аппендицита, я с интересом расспрашивал его о подробностях, восхищался силе его характера, считал товарища, чуть ли ни героем, примерял всё на себя, как я бы терпел боль. Одно время под впечатлением фильма "Молодая гвардия" мы проверяли себя на стойкость, подносили руку к горящей свече, кололи себя иглой. Результаты были не очень ободряющие. А тут настоящая боль! Кстати, увлекаясь йогой, уже, будучи взрослым, я прокалывал себе руку толстой иглой и почти не чувствовал боли. Но это потом и уже владея техникой йоги.

На этот раз у меня на руке немного ниже локтя появился нарыв. Обычно такие вещи проходили у меня без вмешательства врача. Надо было подождать, когда нарыв "созреет", лопнет, и дальше уже быстро заживало. Но на этот раз было серьёзнее. Рука опухла, болело под мышкой и около шеи, и я пошёл в полевой госпиталь. Увидев мою руку, военврач майор Штернберг очень обрадовался.

- Ого! - воскликнул он. - Тут болит? А тут? Яковенко! - позвал он фельдшера. - Посмотри, какой красавец! Классика! Ну, что, поможем ему, - сказал он, имея в виду фурункул. Фельдшер положил меня на стол лицом вниз, повернул руку, чтобы фурункул оказался сверху. Военврач сделал мне несколько уколов новокаина, которые, кстати, мало что дали. Я чувствовал каждое движение скальпеля. Ощущение было, будто военврач работал раскалённым скальпелем. Ощущалась не боль, а сильное жжение. Я постанывал, но терпел. Кстати, позже знакомый зубной врач рассказал мне, что советский новокаин был очень плохого качества, и он для своих пациентов специально покупал на чёрном рынке импортный новокаин. По окончании операции военврач сделал мне укол пенициллина прямо в рану, затем пинцетом подцепил марлевый тампон, обмакнул его в жёлтую жидкость с сильным тошнотворным запахом рыбьего жира и всунул его тоже в рану. Яковенко забинтовал руку, и на этом всё закончилось.

Командиром полка у нас был полковник Якушев. Солдаты его любили и называли «батей». Он и в самом деле был для солдат как отец. Это был невысокий уже не молодой мужчина. Он сохранил в полку ещё фронтовые отношения, т.е. более человеческие, без муштры и жёсткой показной дисциплины. Якушев был хорошим хозяйственником. Он организовал в полку подсобную свиноферму. Свиней кормили отходами от нашей столовой. В то время кормили солдат очень плохо. В основном каши и хлеб. Я с детства плохо ел, здесь же я впервые почувствовал голод. В любое время даже сразу после обеда я готов был кушать простой хлеб. Как заметил Севела в одном из своих рассказов: о чём в первую очередь думает солдат Красной Армии? В первую очередь солдат Красной Армии думает о еде. Во вторую очередь тоже о еде. И даже в третью очередь тоже о еде. Поэтому, когда на праздники закалывали пару свиней и добавляли нам в рацион ещё немного мяса, все были очень довольны. Когда я заканчивал службу, Якушева назначили командиром дивизии, а командиром полка назначили только что закончившего академию молодого подполковника. Он начал свою службу с благоустройства своего кабинета. Положил паркет, поменял мебель. Затем, начал требовать жёстких уставных отношений, ввёл больше строевых занятий и пр. На фоне Якушева он, естественно, очень проигрывал. С таких, как он, похоже, началась советская офицерская бюрократия и последующий упадок армии.

Выше я сказал пару слов о еде. Хочу на этой теме остановиться подробнее. Мне кажется, не все знают, как питались солдаты в то время. Думаю, что и сейчас есть

106

большие проблемы в этом вопросе. Так вот, в то время государства выделяло в день на одного человека что-то около восьмидесяти копеек. Что было в рационе солдат? В день выделялось 800 грамм хлеба, 20 грамм сливочного масла, сахар. Из овощей только картошка и капуста, чаще квашенная. Немного свинины, иногда рыба, иногда селёдка. На первое был суп, какой-то борщ, рассольник, щи. На второе – каша. Причём, не рисовая или гречневая. Наверное, перловая или пшённая. Часто на ней бывали синеватые отливы, не знаю почему. Иногда давали суп из рыбы вместе с мелкими косточками. Ничего отвратительнее ни до ни после я не ел. Однажды в своей тарелке со щами из свежей капусты, я обнаружил мелких червячков. Когда я показал их соседу, он сказал: «А ты размешай всё и сразу кушай, не глядя». Так я, кстати, и сделал. На броненосце Потёмкин, помнится, матросы устроили восстание и перебили офицеров, когда обнаружили у себя в тарелках червей. А мы, ничего, ели и говорили спасибо. Вот и весь рацион. Когда нас посылали в наряд на кухню, повара из жалости давали нам мясо с подливой. Объевшись мяса, мы на следующий день не вылезали из туалета. В столовой стояли ничем не покрытые деревянные столы на десять человек. Двое наиболее активных получали в окошке-амразуре хлеб и сахар. Хлеб уже был нарезан на порции, а сахар-рафинад в миске. Потом кто-нибудь из доверенных, дело ведь было ответственное, делил сахар на кучки. Затем командовал: «Налетай!», и каждый старался схватить кучку, которая ему казалась красивее. Я старался не превращаться в скота, поэтому делал вид, что мне всё равно, и, естественно, мне доставалась самая невзрачная кучка. Ели мы из алюминиевых мисок. Ложка была у каждого с собой в кармане или за голенищем сапога, и мы никогда с ней не расставались. Ну, и не мыли, естественно.

Ещё интересное наблюдение. Со мной служили ребята из мусульманских республик. Кстати, ко мне они относились очень доброжелательно, когда увидели, что я также как они, обрезан. Но это к слову. Я не об этом хотел сказать. Свинину, которую нам давали, они вначале не хотели кушать. Но прошло какое-то время и им пришлось кушать, что дают. К религиозным «предрассудкам» относились в армии по-хамски, собственно, как и во всей стране. Для сравнения здесь в израильской тюрьме террористам мусульманам дают привычную им еду, и дают возможность также соблюдать религиозные обычаи. Хотя, на мой советский взгляд, следовало их просто расстреливать.

В армии довольно часто случались несчастные случаи. Во время одного из ночных учений погибли начальник штаба батальона майор Кушнир и сержант командир его танка. Они как обычно ехали, высунувшись из люков по пояс. Во время боя так не едут, но на учениях командиры позволяют себе это. Их молодой водитель испугался, увидев перед собой танковый окоп, и начал поворачивать танк. Танк уже был на краю окопа. В результате танк повернулся и боком упал в окоп, придавив майора и сержанта. Если бы управлял танком более опытный водитель, он продолжил бы движение прямо и уткнулся носом в землю, только и всего. Так нелепо в мирное время погиб майор, прошедший всю войну. Все очень переживали. Я ещё волей не волей переживал из-за того, что погиб еврей фронтовик.

Однажды погиб начальник караула и солдат, стоящий на посту возле караульного помещения. Уже подошло время смены, и солдат заглянул в караульное помещение. Он увидел, что начальник караула пишет письмо и не спешит со сменой. Солдат, шутя, направил на него автомат и вдруг прозвучал выстрел. По ошибке в стволе оказался патрон. Когда от выстрела проснулись ребята, отдыхавшие после смены, они услышали второй выстрел. Покончил с собой солдат, стоявший на посту, который нечаянно застрелил начальника караула. Утром мы видели этих ребят, лежащих возле караульного помещения, укрытых одеялом.

И со мной происходили опасные случаи. Однажды я сидел на своей кровати и вдруг услышал выстрел. Какой-то солдат возился с автоматом и нечаянно выстрелил. По отметке на противоположной стене выяснилось, что пуля прошла у меня между ногами. В другой раз во время чистки оружия товарищ, шутя, направил на меня пистолет.

- Что ты делаешь? – говорю. – Нельзя же направлять оружие на человека!

- Он не заряжен, - говорит товарищ. – Вот смотри.

Он направил пистолет в потолок и нажал на спусковой крючок. И тут прозвучал выстрел. И товарищ, и я от неожиданности остолбенели.

По графику мы несли караульную службу. Чтобы повысить нашу бдительность, командир роты рассказывал нам разные истории. По его рассказам за несколько лет до моей службы был вырезан почти весь караул. Остался в живых один караульный, который действовал по уставу. Он стоял ночью на отдалённом посту возле складов с химикатами. Он увидел приближающихся людей и крикнул, как положено по уставу:

- Стой! Кто идёт?

- Начальник караула со сменой! – услышал он знакомый голос.

- Начальник караула ко мне, остальные на месте! – также по уставу машинально крикнул караульный. И тут он увидел, что люди замешкались. Заподозрив неладное, он передёрнул затвор. И вдруг начальник караула бросился на землю и закричал:

- Стреляй!

Часовой начал стрелять. Правда, ни в кого не попал, но на выстрелы прибыли солдаты. Оказалось, что кто-то убил часового, стоящего на посту возле караульного помещения, перерезали спящих солдат, оставив в живых только начальника караула, который тоже спал, положив голову на стол. С ним они пошли по постам и убили всех остальных, кроме последнего. Начальника караула потом судили. Напуганный таким рассказом, я стоял на посту очень бдительно. В результате ребята считали меня смелым и стойким, хотя и евреем, как говорили некоторые. Кстати, на посту в новогоднюю ночь я подморозил себе нос и щёки. Я не прятал лицо, не отворачивался, и, несмотря на мороз и ветер, внимательно смотрел в опасную сторону, особенно, стоя на том злополучном посту.

Я вспомнил немного комический эпизод, который произошёл на этом же посту. Один из ребят стоял на этом посту и вдруг услышал шаги и тяжёлое дыхание. Он присел и на фоне неба увидел стоящую фигуру.

- Стой! Кто идёт? – закричал он и с перепугу передёрнул затвор. При этом он увидел, что фигура опять начала идти прямо на него. Он начал стрелять и так как палец в толстой рукавице застрял, стрельба продолжалась пока не кончились патроны в магазине. На звук стрельбы прибежали ребята и не решались всё проверить, пока не рассвело. Утром они увидели, что часовой застрелил стреноженную лошадь. Бедное животное, услышав голос человека, пошло на свою погибель.

А вот трагикомический случай, свидетелем которого я был. У нас проводились показательные стрельбы. Приехало много начальства из округа. Сплошные генералы. На полигоне построили трибуну для наблюдения за стрельбами. Начальство стоит на трибуне и в бинокли наблюдает за стрельбами.

Происходит всё таким образом. По команде руководителя стрельб танк с очередным экипажем выдвигается с исходной позиции на огневой рубеж, стреляет три раза по мишеням, затем танк разворачивается и возвращается на исходную позицию. При этом наводчик всё время должен поворачивать башню так, чтобы ствол всегда смотрел в сторону мишеней. Между прочим, исходная позиция прямо перед трибуной. Я напоминаю об этом, потому что в дальнейшем из-за этого произошло что-то ужасное. Отстреляло несколько экипажей, всё идёт по плану. И вот настала очередь экипажу с наводчиком, который был известен как двоечник и разгильдяй. Руководитель стрельб по рации повторяет условия стрельбы, подчёркивая, что при возвращении ствол должен смотреть в сторону мишеней. Экипаж подтверждает, что всё понятно. Танк выходит на огневую позицию. Прозвучало два выстрела и тишина. Руководитель стрельб запрашивает, почему нет третьего выстрела, и получает невразумительный ответ. Тогда он приказывает вернуться на исходную позицию. Танк разворачивается и начинает движение к исходной позиции. А пушка при этом направлена в сторону трибуны. Что должны были чувствовать наблюдатели, зная, что один снаряд ещё не использован и вполне возможно находится в стволе, в танке наводчик разгильдяй, и пушка направлена на трибуну? Правильно. Все генералы участники прошлой войны слетели с трибуны и плюхнулись в грязь. На трибуне остался только солдат радист, который не понял даже, что произошло. Несмотря на комичность ситуации, всем было не до смеха. Зато, вернувшись в казарму, мы буквально рвали животы от хохота, вспоминая подробности происшедшего.

Я довольно часто присутствовал на учениях, так как меня брали и на штабные учения тоже и часто посылали на учения округа. В штабе округа, где я оформлял карты, я видел много генералов и полковников, которые ко мне обращались, как к специалисту. Для меня это было не совсем привычно, но вскоре я привык и совсем не робел в их присутствии. Иногда со мной заговаривали на гражданские темы, расспрашивали о семье. Я обратил внимание, что, чем старше офицер, тем проще он разговаривает с солдатом. Какой-то сержант строит из себя большого начальника, а генерал разговаривает с тобой, как с человеком.

Ещё в учебном батальоне на одном из учений мы сидели в окопах, изображая оборону. Довольно далеко от окопа я заметил суслика. Во мне проснулся охотник. Я взял камень, бросил и, естественно, не попал. Тогда я заготовил камень покруглее и стал ждать. Вскоре суслик опять появился. Я опять бросил, и мне показалось, что я попал. Я пошёл посмотреть и, точно, возле норки лежал несчастный зверёк с окровавленной головкой. Мне стало плохо то ли от жалости, то ли от угрызений совести. Никогда до этого я не убивал животных. Я никому не рассказал о своём «подвиге», переживал сам.

С тех пор прошло много лет, а у меня перед глазами окровавленное тельце суслика. Если убить маленького зверька так тяжело, каково же убить крупное животное или человека?

Во время одного из учений на нас должен был наступать танковый полк. В расположении нашей обороны разместили мишени, и полк должен был стрелять по ним боевыми снарядами. За два часа до начала наступления мы спешно начали уходить в сторону в лесок. Помню, как командир батальона нервничал из-за нашей медлительности и нерасторопности. Обычно сдержанный, он не стеснялся в выражениях, гоняя наших командиров. Командир батальона на джипе объезжал наши позиции, рядом с ним сидел радист, который всё время был на связи с наступающим полком.

Потом из леса я наблюдал за началом наступления. Перед нами, вроде бы, никого не было, только голая степь до горизонта. И вдруг из-под земли появились танки. Они шли мимо нас на позиции, которые мы оставили совсем недавно, и стреляли. На секунду мне показалось, что это настоящая война, и в животе у меня стало холодно. Я почувствовал, как бывает страшно на войне. На тебя движутся железные махины, несущие смерть, их не остановишь, от них не спрячешься и не убежишь.

Однажды мне поручили оформить учебную комнату для офицерских занятий. Мне приносили секретные бюллетени с описанием в основном американской техники. С этих бюллетеней я рисовал большие плакаты, на которых изображал танки и другую технику, и их технические характеристики. Я с интересом рассматривал фотографии. Интересно, что на некоторых фотографиях техника была изображена снизу или сзади. Вероятно, снимали нелегально. За оформление этой комнаты мне дали краткосрочный отпуск. Билет у меня был самый дешёвый, без места. Я забрался на самую верхнюю багажную полку, и всю дорогу уже провёл на ней.

Когда, приехав в Одессу, я в возвышенных чувствах вышел на одесский перрон, меня задержал патруль, испоганив мне настроение. Оказывается, я нарушил форму. Со мной была офицерская сумка, и я держал её в руке, а надо было носить на ремешке через плечо. Советская власть с её порядками не упускала случая наплевать при первой возможности каждому в душу. Я же по наивности ждал, что меня поздравят с приездом в родной город.

Когда я приехал домой и вошёл в ворота нашего двора, я увидел в глубине двора маму, сидящую перед дверями нашей квартиры и Тобика, нашу собачку. Тобик сразу припустил ко мне, а мама сначала меня не узнала и начала звать Тобика, опасаясь, что он покусает незнакомца. Радости Тобика не было предела. Он прыгал на меня, пытался

112

лизнуть в лицо. От восторга он не удержался и описал меня. Я не был дома больше двух лет, ворота были довольно далеко от дверей моего дома, был я в другой одежде, и пахло от меня, наверное, не так как раньше, а Тобик меня сразу узнал. Удивительно.

В другой раз я оформлял наш тир. В овраге установили танковую башню, а напротив на специально построенной стене я рисовал панораму. На ней я изобразил пейзаж с городом вдалеке и морем. Ребята шутили, что я изобразил Одессу. Панорама была довольно большая, так что, глядя в прицел, казалось, что всё настоящее. Рисовал я красками из банок, большой малярной кистью. Помогал мне лейтенант из санчасти. Он же, кстати, сфотографировал эту панораму и плакаты учебной комнаты. Плёнку я привёз домой после демобилизации. Когда я, хвастаясь, показал родителям эту плёнку, папа испугался, увидев надписи «совершенно секретно», и уговорил меня уничтожить эту плёнку.

Во время службы в армии я поступил на заочное отделения Института народного творчества. Мне присылали учебные материалы и контрольные работы. Я же отправлял в институт выполненные работы. Не помню уже почему, но после окончания службы я перестал заниматься в этом институте. У меня сохранился альбом рисунков, которые я делал в армии.

С нами служил парень, который сидел в колонии для несовершеннолетних за групповое изнасилование. Из колонии он попал в армию. Ребята расспрашивали его, как было дело, и он, смеясь, рассказывал, как девочка плакала, называла их «миленькими», просила её отпустить. Ребята отпускали шуточки, слушая его рассказ, я же испытывал смешанные чувства. Мне интересно было слушать о жизни, от которой я был очень далёк, и в то же время я испытывал к этому парню чувство какой-то гадливости, что ли. Я готов был его убить мучительной смертью и получал бы, наверное, удовольствие, если бы он просил прощения такими же словами, как та девочка. Вскоре этот парень попался на краже оружия со склада, где он работал.

Вообще у нас служило много ребят, которые попали в армию прямо из тюрьмы или колонии. Они и в армии

113

воровали. Причём воровство даже как-то и не считалось преступлением. Как-то у одного из ребят украли новые сапоги, и старшина дал ему из своих запасов совсем старые, и посоветовал ему «проявить находчивость», то есть самому украсть у кого-то. При работе над картами я бывал в секретном отделе, хотя у меня не было допуска. Парень, который работал в секретном отделе, хвастаясь, показал мне часы, которые он украл у кого-то. Уверен, что он, не задумываясь, украл бы даже секретные документы, если бы было кому продать.

С нами служил высокий сильный рыжий парень из Западной Украины. Когда мы увидели, как он умело обращается с автоматом, ребята начали шутить, что он бывший бандеровец. Причём он, хотя и шутя, сам не отрицал этого. Вскоре к нам в часть приехали офицеры из контрразведки и увезли его и ещё некоторых тоже из Западной Украины.

Нужно сказать, что дедовщины тогда не было и в помине. Могли подшучивать над новобранцами, называли салагами, могли послать с ведром в мастерскую за компрессией, в общем, развлекались. Правда, некоторые, мягко говоря, шуточки были далеко не безобидные, но делалось это, повторяю, для смеха.

Вот некоторые солдатские «шуточки», свидетелем которых я был или о которых рассказывали, как об анекдотах.

Ребята из мастерской развлекались следующим образом. Подключали электрический ток к дверной ручке или к верстаку, оббитому железом. Что получалось, понятно. Они же брали магнето от полевого телефона, подключали к нему провода, один крутил ручку, а другой дотрагивался оголёнными проводами до кого-нибудь. Так как магнето даёт напряжение в несколько тысяч вольт при маленьком токе, то не убивало, но било очень сильно. Все очень веселились при этом.

Дневальный, которому ночью нечего было делать, будил кого-нибудь и спрашивал, не хочет ли он пойти пописать. Иногда, когда двое ссорились, то один другому угрожал, что, когда будет дневальным, будет будить его каждые полчаса, предлагая пописать.

А вот шуточка посерьёзнее. Между пальцами ног спящего вкладывались бумажки и поджигались. Эта шутка называлась «велосипед», так как спящий, спросонья, начинал крутить ногами, как на велосипеде.

Ещё одна очень интеллигентная шутка. К члену спящего привязывалась верёвочка, другой конец которой привязывался к его же сапогу. Сапог клался спящему на лицо, и он, спросонья, швырял его подальше. Правда о такой шутке, как и о предыдущей, я слышал только из рассказов. Так сказать, в живую я таких шуток не видел

. Как я уже говорил, с нами служили ребята из Западной Украины. За жадность и скупость их называли «кугутами». Как-то один из наших ребят предложил скинуться по рубчику, и он поспорит с кугутом на пять рублей, что, как он выразился, «нассыт ему в карман и не засмеётся». Мы с радостью согласились и потом наблюдали потрясающую картину, как он и в самом деле писял тому в карман, а тот с серьёзным видом оттопыривал штанину, чтобы легче стекало.

А вот игра-анекдот. За круглый стол садятся играющие. В центре стола отверстие. Каждому за яйца привязывается верёвочка. Верёвочки пропускаются через отверстие в центре стола и смешиваются. Затем каждый берётся за случайную верёвочку и по команде начинают тянуть. Проигрывает тот, кто не выдержит первым. Хохма в том, что никто не знает, какая у него верёвочка, и может получиться, что кто-то тянет за свои собственные яйца. Игра, как видите, очень интеллектуальная.

В период моей службы в 1956 г. происходила война Израиля с арабскими странами. Как я уже говорил, меня взяли в штаб полка оформлять карты, плакаты и пр. В кабинете зам. начальника штаба, где я работал, постоянно крутились офицеры. Большинство из них участвовали в Отечественной войне, в основном, в конце войны, когда у советской армии уже всё получалось. Им казалось, что советская армия сильнейшая. Победы Израиля им были не понятны. В их головах застряло, что евреи не умеют воевать.

115

Хотя в Отечественную войну евреи воевали не хуже, а то и лучше других. Я часто слышал в разговорах офицеров недоумение и скрытое восхищение израильскими победами.

- Вот бы, повоевать с ними! – как-то слышал я от одного офицера.

А начальник штаба подполковник Фёдоров, подтрунивая надо мной, сказал:

- Что же твои друзья бьют арабов?

Я не знал, что ответить. Втайне я ликовал: «Так им и надо, гадам!». И мне самому было не понятно, кого я имел в виду, арабов или советских консультантов. Возле приёмников всё время стояли кучки солдат. На их лицах была тревога. Последние известия так преподносили события, будто наступает конец света. Многие солдаты ходили к начальникам, предлагая свои услуги в качестве добровольцев. Наш «батя», умница и хороший командир и человек, как-то перед строем сказал примерно следующее: «Не надо проситься в добровольцы. Если понадобиться, все мы будем добровольцами».

После же Шестидневной войны 1967 года об Израиле уже говорили как о государстве с сильной армией. Я неоднократно слышал мнение, что самыми сильными армиями в мире, считались вьетнамская (по войне в джунглях) и израильская (по войне в пустыне). Через несколько лет, будучи на офицерских сборах, я слушал лекцию об итогах этой войны, о выдающихся операциях и новинках, применённых израильской армией. Русские всерьёз изучали опыт израильтян. Отголоски этой войны ещё долгое время будоражили русских. Возвращались солдаты, которые обслуживали советские секретные радары. Сын моего сотрудника тоже служил на таком радаре. Он получил высокую дозу облучения и вскоре умер. Об этом нельзя было говорить, но все всё знали. Рассказы военнослужащих переплетались с анекдотами и легендами. Вот несколько примеров, о чём говорили.

Однажды два израильских вертолёта приземлились возле советского секретного радара, который обслуживал египетский расчёт. Из них вышли солдаты, переодетые в египетскую форму, говорили они по-арабски, перебили охрану, а сверхсекретный советский радар разобрали и увезли в Израиль.

В другой раз пара израильских вертолётов, взлетая из-за холмов, расстреляла сирийскую танковую колонну, кстати, состоящую из советских танков.

Советские самолёты возили оружие в Египет, а курсом выше с запада американцы везли оружие в Израиль. Когда они встречались, американские лётчики дружелюбно махали русским.

Когда русские прилетали на египетский аэродром, они нередко сами же и разгружали самолёты. Арабы не хотели работать, и русские пугали их, говоря: «Вот Даян сейчас прилетит! Разгружайте быстрее!»

Вполне серьёзно рассказывали, что израильские девушки голыми разъезжали на танках и этим повергали правоверных арабов в панику.

А вот анекдот. Из израильского окопа окликают: «Ахмед!» Ахмед высовывается и спрашивает: «Что?» В ответ выстрел. Готов! Так повторяется несколько раз с другими именами. Прибегает офицер и ругается: «Что же вы такие глупые! Наоборот, вы должны их обманывать!» Саид из окопа зовёт: «Абрам!» В ответ молчание. Он опять: «Абрам!» Из израильского окопа доносится: «Кто меня спрашивает?» Саид высовывается из окопа: «Это я, Саид!» В ответ выстрел. Готов!

Помню, как в советской прессе возмущались жестоким обращением израильтян с военнопленными. Израильтяне просто отпускали их, и они шли через пустыню к себе в Египет. При этом некоторые, естественно, погибали. Русские забыли, как обращались они же со своими же бывшими военнопленными!

Рассказывали, что секретнейший советский самолёт на огромной высоте пролетел над Израилем и не был сбит. Так русские демонстрировали преимущество советской техники.

Рассказывали также, что однажды группа советских самолётов с египетскими опознавательными знаками наткнулась на израильские «миражи». В результате боя несколько советских самолётов было сбито, а остальные бежали. Говорили, что израильские самолёты пилотировали бывшие русские евреи, так сказать, свои против своих.

А вот ещё один анекдот. На одном из собраний, которые проводили в то время с осуждением Израиля, еврей заканчивает своё выступление такими словами:

- В знак солидарности с Египтом прошу впредь называть меня не Ефимом Израильевичем, а Ефимом Египтовичем.

Кстати, я вспомнил ещё один анекдот, который рассказывали после столкновения с китайцами на острове Даманском.   В армии старшина проводит занятие с солдатами.

- Даю вводную, - говорит старшина. – Рядовой Петров! Вы идёте по улице и встречаете китайца. Ваши действия.

- Я подбегаю к нему, - браво докладывает Петров, - хватаю его за горло и говорю: «Попался, жидовская морда»!

На этой жизнерадостной ноте я, пожалуй, закончу своё повествование о моей службе в советской армии.

Глава пятая. Мои игры

Всю жизнь, сколько я себя помню, я чем-то увлекался.

С детства рисованием и живописью, потом шахматами и конструированием различных моделей. Коллекционировал марки, бабочек. Периодически увлекался различными видами спорта: плаванием, гимнастикой, штангой, стрельбой. В общем, наверное, нет чего-то, чем бы я не увлекался. И, что интересно, добившись высоких результатов, я оставлял увлечение и переключал свой интерес на что-то другое. Поэтому я не достиг больших высот в своих увлечениях, но зато всё умел и даже сейчас умею на высоком уровне. Выигрывал в шахматы у довольно сильных шахматистов, в живописи достиг профессионализма, стрелял на отлично из пистолета, фотографировал на уровне профессионала, правой рукой вырывал сорокапятикилограммовую штангу, силой выходил в упор на перекладине, собрал почти все советские марки довоенного периода, увлекаясь радиолюбительством, сконструировал мощный всеволновый приёмник, на который принимал вражеские голоса, когда глушили всё подряд и т.д. и т.п.

Сейчас серьёзно я уже ничем не увлекаюсь. Нет, вру! Внуки! Вот, что меня влечёт. Я умиляюсь их проказам, фотографирую, записываю их хохмы, и в голове у меня постоянно их речь.

«Конструктор»

С этой игры и началось моё серьёзное увлечение конструированием, которое со временем переросло в работу конструктором.

Была раньше такая игра. Так она и называлась «Конструктор». Это был набор металлических деталей со множеством отверстий. Кроме того, в набор входили винтики, гаечки, отвёртка и гаечные ключики. Ещё прикладывался альбом с возможными конструкциями, которые можно было собрать из этих деталей. Выпускалась эта игра в разных вариантах и с разным количеством деталей. Сначала у меня появились отдельные детали, возможно, остатки от знакомых детей. Дядя Абраша принёс мне с завода винты и гайки, а знакомые приносили ещё какие-то детали. Видя моё увлечение, родители обещали мне купить полный набор. Когда я увидел в магазине разные варианты этой игры, я начал просить самый большой набор. Стоил такой набор, вероятно, дорого, но, в конце концов, мне подарили такой «Конструктор» на день рождения.

Потом у меня появились похожие игры: "Юный электротехник", "Юный пьезотехник", «Юный химик» и пр. В этих играх тоже был набор соответствующих деталей, и с их помощью можно было собирать интересные конструкции. Особенно мне понравился "Юный пьезотехник". В то время, вероятно, только начали осваивать новые технологии на базе пьезоэлектрического эффекта. В наборе этой игры были пластины сегнетовой соли, которые и были основой для разных конструкций. Были и наушники. Я был знаком с обычными наушниками, и эти мне показались слишком лёгкими. Я разобрал один наушник и вместо знакомой мне катушки на металлическом сердечнике я с удивлением увидел пластинку с подсоединёнными к ней проводами и мембрану. С помощью пластин сегнетовой соли, которые входили в набор, я сделал звукосниматель для патефона, что дало возможность слушать музыку через усилитель приёмника. Сделал также радиоточку и слушал её с большим волнением, хотя у нас была, естественно, фабричная. И ещё я сделал микрофон. Однажды, когда у нас собрались друзья моей сестры на вечеринку, я подсоединил этот микрофон к приёмнику, провода протянул в другую комнату, и сестра пела в микрофон популярную тогда песню "Дорогие, мои москвичи", а я сидел у приёмника и делал вид, что настроил его. Гости были в шоке, считая, что сестра поёт на студии. Кстати, такой фокус использовали герои кинофильма Тодоровского, вышедшего не так давно.

Мама была большая любительница книг. Если кто-то выбрасывал книги, мама тут же их подбирала. Кроме того, все знакомые приносили ей ненужные книги. Так у меня появились книги, журналы и отдельные листы с описанием различных любительских конструкций. Особенно мне нравилась книга, в которой было описание моделей паровых машин, турбин, паровых котлов, трансформаторов, электродвигателей и прочих интересных устройств. По этой книжке я сделал модель паровой машины, а товарищ – турбину. Нужно ещё было сделать паровой котёл. Но на этом наш интерес пропал, так что я не сумел проверить мою машину в действии. Сделал я и понижающий трансформатор, и лампочка от фонарика горела. Между прочим, сделать всё это было совсем не легко. Дело в том, что в то время ничего необходимого не было в продаже. Даже трансформаторное железо приходилось делать самому. Бралась жесть от консервной банки, вырезались пластины, которые обклеивались с одной стороны папиросной бумагой, и затем только пластины собирались в сердечник. Также из жестяных пластин я сделал сердечник для электромотора. Кстати, электромотор я тоже не сумел проверить в действии, не помню уже, почему.

Потом где-то я вычитал, как сделать подводную лодку из дерева с резиновым мотором. Лодка плавала и даже погружалась в воду. Испытывал я её в корыте. В одном из приложений к журналу я нашёл описание уже подводной лодки из жести и с электромотором. Чертежи были в натуральную величину. Я буквально бредил такой подводной лодкой. Но изготовить такую лодку я не мог. Не было необходимых размеров жести, не было и электромотора. Я сделал только рубку, носовое орудие и ещё какие-то детали. Я настолько глубоко изучил чертежи этой лодки, что доже сейчас, наверное, смог бы по памяти её изготовить.

Потом я увлёкся моделями планеров и самолётов. Я сделал планер и самолёт с резиновым мотором. Всё, кстати, летало. Однажды я нашёл описание реактивного двигателя на базе киноплёнки. Изготовлялся такой двигатель очень легко. В рулончик киноплёнки вставлялась спичка, затем всё заворачивалось в фольгу, спичка вынималась, и двигатель готов. Приводился в действие двигатель таким образом:

121

раскалённую иглу с помощью плоскогубцев вставляли в отверстие, образованное после удаления спички, плёнка загоралась, и струя газа с дымом и шипением вырывалась из сопла. На базе такого двигателя я сначала сделал ракету. Испытания я проводил в кухне. Когда плёнка загорелась, ракета стремительно ударилась в потолок, потом в стену, в пол и начала скакать по кухне. Кухня наполнилась дымом. Счастье, что двигатель работал секунд десять. Я совсем не ожидал такого, буквально опешил и напугался. В дальнейшем я испытывал свои конструкции уже во дворе. Ракета летела выше трёхэтажного дома, самолёт, который я тоже сделал на таком двигателе, взмыл и ударился об стену дома, машина вместо того, чтобы ехать, тоже взлетела в воздух.

Всё моё детство прошло в конструировании, что, кстати, сослужило мне хорошую службу. Я научился мастерить и продолжал это занятие на более высоком уровне, будучи старше, а потом и на работе, когда надо было что-то изготовить. Я умею работать почти на всех станках, и опытные образцы, спроектированных мною изделий, часто изготовлял сам.

Марки

Ещё одно увлечение, которое началось в Алма-Ате в эвакуации, это марки. Марки я начал собирать лет с семи. Шла война, приходило много писем и на них марки военной тематики. Я научился отклеивать марки над паром и затем наклеивал их на листы школьной тетрадки. Наклеивал правильно, с помощью бумажных полосок. Вот только клея не было, и я разжёвывал хлеб до кашицы и этой кашицей приклеивал. В результате многие марки с точки зрения коллекционера были испорчены. Использовать остатки клейкой бумаги от марок, как делают многие коллекционеры, я не догадывался. Покупал я также марки в киоске. Помню, купил в киоске три марки, посвящённые полёту в стратосферу. Я тогда не понимал о чём речь, и стратостат напоминал мне перевёрнутую бутылку шампанского. Помню марки, посвящённые Римскому-Корсакову, Чапаева, но не красную, а более позднюю, папанинскую коричневую и многие другие. Одну марку я даже нашёл в туалете. Наш общественный туалет был на улице, и вот там, на полу я увидел конверт со странной маркой. Марка была непривычно маленькая, на ней был изображён солдат, но не в нашей форме. Я аккуратно отклеил марку, отмыл и просушил её. Это была у меня первая иностранная марка. Я тогда не знал, что конверт с маркой даже имеет большую ценность. Потом начали приходить письма из Америки, и у меня появились американские марки. У нас были в Америке дальние родственники, которые нас нашли. Тогда на западе было модным помогать родственникам в Союзе, и власти разрешали и даже приветствовали эту помощь. Помню фотографии, которые присылали из Америки, помню марки со статуей свободы. Когда война кончилась, и снова начались раскручиваться репрессии, иметь родственников за границей стало опасно, и родители уничтожили все письма, адреса и фотографии. Заодно выбросили трофейные немецкие серебряные монеты, которые дядя Тоня прислал с фронта. Так мы потеряли связь с американскими родственниками. Мама, видя моё увлечение марками, выменяла у женщины, торгующей семечками, альбом для наклеивания марок. Женщина отрывала страницы из этого альбома и делала из них кульки. Первых страниц уже не было, но осталось ещё очень много. Это был альбом, изданный ещё до революции, для колониальных марок. Место для марки было очерчено квадратиком, во многих квадратиках была отпечатана марка, которую следовало наклеить на это место. Таких марок у меня не было, и я часами с интересом их рассматривал. Через много лет и такие марки у меня были. Благодаря этому альбому я узнал о многих странах и их колониях. Однажды одна из знакомых женщин увидела у меня белые пятнышки на ногтях. «Это примета, что у тебя будет обнова», - сказала она. Целый день я ждал обновы, а её всё не было. Вечером пришло письмо с маркой, которой у меня не было, и я посчитал её за обнову.

После этого случая я начал внимательно рассматривать свои ногти, ожидая очередной обновы.

Продолжаю о марках. Позже уже в Одессе один из поклонников моей старшей сестры подарил мне свои марки. Марки были в основном довоенные. Сейчас им цены нет. С этих пор я начал обращать больше внимания на довоенные марки. Когда я повзрослел и начал собирать марки почти профессионально, мои детские марки составили основу моей коллекции. Я посещал клуб коллекционеров, выискивал недостающие марки и иногда платил за них приличные деньги. Постепенно у меня образовался отдельный альбом с довоенными марками. В нём были почти все марки этого периода, естественно, не все варианты зубцовок и других особенностей. Когда мы собирались в Израиль, этот альбом я оставил сыну, а остальные продал. Тогда было не до марок. Мы представляли, что уезжаем навсегда, что за границей будет не до «всяких глупостей», как говорили бывалые люди. Так оно, кстати, вначале и было, но сейчас я очень жалею, что не привёз тот альбом с собой. Сын, уезжая за границу, тоже продал свои марки вместе с моим альбомом. В Израиле я пытался восстановить тот альбом, но, во-первых, те марки сейчас очень дорогие, а во-вторых, первые же купленные марки меня разочаровали. Это были такие же марки даже в лучшем состоянии, но не мои, которые я помнил в подробностях и знал, как они ко мне попали. Я хотел именно *свои* марки. Остальные марки я воспринимал как копии. На этом кончились мои увлечения марками.

Книги

Мама очень любила читать. Читала она всё свободное время. Читала всё, особенно она любила старых писателей, русских и иностранных. Была такая писательница Вернер, её мама особенно любила. Вернер писала, как сейчас сказали бы, женские романы. Уже взрослым я пытался достать её книги, но сейчас её не издают, а старые издания сохранились только у букинистов. Мне было интересно, что могло маму интересовать. Нашёл я одну книжку, сейчас я уже не помню точно, как она называлась. Сюжет был наподобие оперетты: пара любовная главная и пара второстепенная. В общем, для меня ничего интересного, я не стал её читать. У мамы был знакомый, у которого была большая библиотека, оставшаяся ещё от отца, который был то ли издателем, то ли просто любителем книг. В его библиотеке были ещё дореволюционные издания. Советская власть конфисковала его огромную библиотеку, но много книг ему удалось рассовать по знакомым. Так он сохранил часть библиотеки. Этот самый знакомый продолжил дело отца. Он учёл горький опыт отца и хранил книги у знакомых. Жил он от продажи книг. Давал он книги и читать, разумеется, за деньги, деньги очень маленькие, вполне доступные простым любителям. Мама пользовалась его библиотекой. Она брала у него редкие в советское время книги, подшивки журнала «Нива», книги ещё с ятями. Мне было интересно всё в этих книгах: и репродукции картин в основном на библейские темы, и даже объявления. Ничего подобного в советских изданиях не было. Помню, я читал выпуски «Пещера Лехтвейса». Это был своего рода детектив о приключениях благородного разбойника и его жены. Мне запомнились эпизоды из этих книжек. Однажды главный герой вонзил кинжал в грудь своему противнику, подставил стакан под рану и потом выпил его кровь. В другом эпизоде враг главного героя пытался изнасиловать его жену, но в последний момент герой, естественно, спасал её. Ещё был эпизод, когда злодей убивал свою жертву ударом кинжала с лезвием в виде шила. Жертва, вроде бы, не чувствовала боли и погибала от потери крови. Издавался этот роман сериями в небольших книжках. В дореволюционное время такие серии были очень популярны. Любители с нетерпением ждали выхода очередной книжки. Так вот, этому знакомому я рассказал о покупки какой-то книги. Пользуясь случаем, он дал мне совет, который запомнился мне. Покупать вещь, говорил он, надо тогда, когда она тебе меньше всего нужна, а продавать – наоборот, когда эта вещь нужна тебе больше всего. Нужно сказать, что, несмотря на явную мудрость этих слов с точки зрения бизнеса, я никогда не пользовался его советом. Я покупал нужную мне вещь именно тогда, когда у меня уже не было сил больше ждать, а продавал за бесценок только совершенно ненужные мне вещи. Мама также покупала книги, которые в советское время стоили копейки. Она подписывалась через этого знакомого на все подписные издания. Так у неё образовалась приличная библиотека. Знакомые знали мамино увлечение и приносили не нужные им книги. Мама всё брала. Таким образом, к нам иногда попадали книги, которые мало кого интересовали, а мне было интересно. Так, однажды к нам попала книга до революционного издания с описанием артиллерийских систем. В книге были рисунки, описания и характеристики орудий. Мне было очень интересно читать и рассматривать эту книгу. Книга была уже без обложки, но мне это не мешало. Я удивлялся только, что в книге описывались орудия, которые применялись даже в Великую Отечественную. Особенно это касалось орудий береговой обороны и корабельные орудия. Собственно, чему удивляться, если мы всю войну провоевали ещё винтовкой Мосина выпуска тысяча восемьсот кагого-то года, правда, модернизированной впоследствии. Потом попался как-то один из томов с материалами Нюрнбергского процесса. Между прочим, там были потрясающие материалы. Например, допросы врачей, которые делали опыты на людях. Мне запомнился такой эпизод. Немцы проводили опыты по методике спасения лётчиков, сбитых над северными морями. Брали наших военнопленных, клали их в ванную с ледяной водой, держали их до потери памяти и потом пытались отогреть разными способами, например, человеческим телом. Брали двух голых проституток, и они своим телом согревали замёрзшего. В основном люди умирали от переохлаждения, а один военнопленный, отогревшись, даже совершил половой акт с проституткой. Результаты опытов педантично записывались со всеми подробностями.

Когда папа вышел на пенсию, мама понемногу продавала книги и добавляла к их скудному бюджету какие-то деньги.

Для меня книга была, что называется, источником знаний. Я начинал читать и, если не находил в книге чего-нибудь интересного для себя, переставал читать. Пропускал я также описания природы или не интересные лирические отступления. Иногда я начинал читать и, не имея терпения следить за развитием сюжета, перелистывал страницы. Так я мог за вечер «прочитать» толстую книгу. За это старшая сестра меня зыговаривала. Однажды в каникулы, следуя её советам, я решил прочесть всего Бальзака. Меня хватило на три тома.

Любил я приключения и фантастику. Перечитал всего Жюль Верна. Особенно мне понравился «Необитаемый остров» за всякие ухищрения, с которыми герои сумели наладить жизнь без всяких инструментов. Понравился мне «Робинзон Крузо», «Приключения Гулливера» (у товарища была полная книга). Прочёл всего Беляева, всего Купера, мама брала для меня у её знакомого сокращённые дореволюционные издания, так что мне не надо было ничего пропускать. Вообще, напрасно в советское время очень редко печатали сокращённые издания. Попробуй прочесть полного «Гулливера» или «Дон Кихота» со всеми рассуждениями автора, которые в то время были актуальны, а сейчас не интересны, или того же Купера. В то время издавалась серия книг «Библиотека солдата и матроса». В этих книжках популярно излагались научные данные об астрономии, биологии, физике и пр. Я покупал эти книжки и с интересом читал их.

Помню, какое впечатление на меня произвёл Булгаков, когда впервые в журнале напечатали его «Мастера». Несколько дней я ходил как помешанный. Ничего подобного раньше я не читал. С тех пор я стал его фанатом, как сказали бы сейчас. Со временем я достал все его книги и платил за них столько, сколько они стоили в то время. Больше всего мне нравятся его романы, пьесы, «Собачье сердце» и «Записки юного врача». Остальное, как мне кажется, написано значительно слабее. Читаю я также с интересом всё, что писали и пишут о нём. Сам Булгаков как человек, его взгляды мне очень близки. Также как ему мне противны тупость, серость, хамство, приспособленчество, фамильярность, не интеллигентность. Ненавижу советскую власть, как и он, не люблю, как это ни кощунственно, как говорили в старину, смердов. Благодаря Булгакову, я открыл для себя Гофмана, Мольера, заново Гоголя. Мне кажется, под его влиянием я открыл для себя и Бунина.

В период оттепели в разных городах начали издавать авторов, которых советская власть по разным причинам не жаловала. В то время я уже жил в Кишинёве. Кишинёв тоже издавал интересные книги. В городе был книжный базар, на котором продавать книги запрещали, поэтому происходил обмен. Обменивались также по почте с другими городами, где также издавали книги. На базаре и по почте я выменял много хороших книг, собрания сочинений Бунина, Гофмана, Мольера, Конан Дойля, русскую и зарубежную классику, много детских книг. Одно время я увлекался хорошей фантастикой. Сын у меня любил фантастику, и я приобретал для него книги, которые сам же и читал. Так я открыл для себя Азимова, Кларка, Саймака, Стругацких и других. Вот что меня совершенно не интересовало, это детективы. Вероятно, оттого, что я не мог из них почерпнуть для себя ничего интересного, а развлекательность в книгах меня, как я уже говорил, не интересовала. Правда, как исключение, с удовольствием прочел один детектив польской писательницы Хмелевской. Кажется, именно она придумала иронический детектив. На большее меня уже не хватило. К своему стыду, не очень понимаю поэзию. Не то, что не понимаю, мне не интересно. Пытался читать и Бунина, и Цветаеву, и Ахматову, и Мандельштама, и Пастернака, и даже Бродского. Кстати, Пастернак мне понравился больше всего, особенно стихи из «Доктора Живаго». Вот слушать поэзию я люблю. Когда начали печатать Довлатова, я полюбил и его. Мне в нём нравилось всё, и его книги, и манера письма, и его тонкий юмор, и он сам. Также как о Булгакове я читаю с интересом всё и о Довлатове.

Постепенно у меня образовалась приличная библиотека. Когда мы уезжали в Израиль, пришлось распродать книги. Мы взяли с собой только самое любимое. Сейчас, когда есть интернет, если не всё можно приобрести, то прочесть уж можно почти всё, и я пользуюсь этим. На моём лэптопе есть всегда, что почитать, и я часто беру его с собой, чтобы в свободную минуту почитать или записать что-нибудь. Сейчас с бурным натиском компьютеризации многие считают, что традиционная книга будет заменена. Очень жаль, если это случится. Техническая или информационная литература, наверное, перейдёт в электронную форму, но художественная - никогда. Какое удовольствие держать в руках хорошо изданную книгу, на хорошей бумаге, с художественными иллюстрациями! Особенно, если это классика. Как можно представить себе Пушкина в электронном виде? Мне как-то попалась в руки книга Пушкина, изданная ещё до революции, с твёрдыми знаками и ятями. Это был шедевр! Кстати, книги дореволюционных писателей так и нужно издавать, как они были написаны в оригинале. Мне пришла в голову ассоциация с оперой. Разве можно сравнить прослушивание оперы в театре с оркестром, живыми голосами, к тому же на языке оригинала, с прослушиванием на видео? Так и с художественной книгой, где важно всё: и текст и оформление.

My Photos

Дядя Тоня, мамин брат, закончил войну в Кёнигсберге. Семья у него погибла, и он посылал посылки нам. В одной из посылок был фотоаппарат. Это была коробка со встроенным объективом (одно стёклышко) с постоянным фокусным расстоянием и постоянной выдержкой. На корпусе была надпись латинскими буквами: "BALDA". Все подсмеивались надо мной из-за этой надписи и напрасно. Несколько позже я делал с ним по тому времени неплохие снимки. Это был мой первый фотоаппарат. Мне тогда было 8 лет. Рассчитан аппарат был на широкую плёнку, которой, естественно, в то время в продаже не было. Были пластинки 6х9. В каком аппарате они применялись, я до сих пор не знаю. И вот эти пластинки я приспособил к своему аппарату. Мне уже было тогда лет десять-двенадцать. Мы вернулись из эвакуации в Одессу и жили в двухкомнатной коммунальной квартире на первом этаже. Одна комната у нас не имела окон, и это обстоятельство помогало мне в моих фотографических опытах. Первой моделью у меня была бабушка. Обычно она сидела на стуле во дворе у дверей нашей квартиры, грелась на солнышке и так коротала свой век. Я заряжал свой аппарат пластинкой, выходил во двор, снимал бабушку, возвращался в нашу тёмную комнату и при красном свете в ванночке проявлял отснятую пластинку. Как завороженный, я смотрел на проступающие контуры. Это было захватывающее зрелище. Затем я заряжал следующую пластинку и всё начинал с начала.

В дальнейшем я снимал на «Фотокор» и «ФЭД». Это были аппараты моих приятелей. Они ещё не очень хорошо умели обращаться с фотоаппаратом, а я уже имел опыт. Нужно сказать, что я творчески подходил к фотографированию. Уже в то время я научился делать комбинированные снимки. Например, я сделал фотографию своего товарища верхом на моей собачке. В другой раз я сделал фотографию знакомой девочки с телом Венеры. Снимал я и луну через самодельный телескоп, снимал букашек с помощью дополнительной линзы.

Когда я стал старше, у меня появился «Любитель», а позже – «Смена». Кстати, «Смена» был прекрасным фотоаппаратом, несмотря на дешевизну. Многие его недооценивали. Уже взрослым я делал с ним очень хорошие снимки.

Когда я женился, тесть подарил мне «Киев». В то время это был один из самых лучших и дорогих аппаратов. У него был светосильный объектив и встроенный фотоэкспонометр.

Интерес к фотографии у меня прошёл через всю жизнь, вспыхивая, когда появлялся объект для съёмок, в основном, мои дети.

Сейчас у меня современная японская цифровая камера, и я с удовольствием снимаю мою золотую внученьку и хулигана внука..

Братья наши меньшие

Детство моё прошло среди животных. У нас жили два кота и собачка. Котов звали Васька и Мурзик, а собачку – Тобик. Дворовые кошки были моими друзьями. Они меня не боялись, шли на зов, принимали от меня пищу и ласку. За это меня во дворе называли "кошкин папа". Собак же я вообще не боялся. Мог потрепать по загривку крупную незнакомую собаку, и она принимала это спокойно. Сейчас я опасаюсь даже маленьких собачек. У наших соседей противная шавка. Когда я захожу к ним в гости, она меня, негодница, постоянно облаивает, хотя мы знакомы много лет. Соседи, вероятно, чтобы я не обижался, говорят, что она лает на всех. Но меня это всё равно огорчает. Я то знаю в чём дело. Раньше я любил всех собак, вообще, а сейчас не всех. А животные чувствуют, кто их любит, и относятся к нему соответственно.

Однажды к нам на подоконник залетел чиж. Чиж был ручным, дал себя поймать и не пугался. Я сделал для него клетку, и он жил в ней некоторое время. Наш кот Васька очень заинтересовался птичкой. Васька был умный кот и при нас не проявлял агрессивности, только глаза его горели алчно. Чтобы он не пугал чижа, я повесил клетку высоко над окном. Однажды, когда нас не было дома, Васька как-то допрыгнул до клетки и сорвал её. Клетка не сломалась при падении, но птичка умерла то ли от страха, то ли от удара. По неопытности я купил на птичьем рынке дикую перепёлку. Она металась по клетке, не брала корм, и пришлось её вскоре выпустить на волю. На этом закончился мой интерес к птичкам.

Когда я повзрослел, мне в руки попалась книга об аквариумных рыбах. Книга была богато иллюстрирована цветными фотографиями и содержала исчерпывающие сведения о содержании и разведении рыбок. Я с интересом, как художественную литературу, прочитал эту книгу и решил завести рыбок. Для начала я принёс с работы стеклянную банку от аккумулятора и поселил в ней пару гуппий. Дома жена была против большого аквариума, поэтому я завёл аквариум на работе. У нас на работе были ещё аквариумы, и я как большой специалист взял шефство над ними, устроил освещение, поселил сомика, улитку, необходимые растения, периодически подливал дистиллированную воду. Всё согласно науке. Особенно я сразил девочек такими терминами как «микросреда», «биологическое равновесие», «абиотические условия» и прочее. Они меня очень уважали, особенно, если учесть, что я был их начальником.

Одно время жил у нас хомячок. Звали её Машка. Я сделал ей из картона маленький домик. Для начала она перестроила всё, заделала вход и прогрызла вход в другом месте. Было интересно наблюдать, как она тащит всё про запас во внутрь и как периодически выносит всё проветрить и потом опять возвращает на место.

Когда дочка подросла, нам сотрудница подарила морскую свинку. Звали свинку Люська. Это был забавный и добрый зверёк. Дочка таскала её, и свинка всё терпела. Только иногда она недовольно тыкала дочку мордочкой. Меня она, естественно, любила больше всех. Когда я приходил с работы, она свистела, и я первым делом подходил к ней. Она прожила у нас шесть лет, дочка уже ходила в пятый класс, и мы отнесли свинку в школу в живой уголок. Дочка часто навещала её, но вскоре свинка исчезла, кто-то забрал её домой.

Я всегда любил животных, но больше всего кого? Правильно, кошек. До сих пор я помню ощущение, когда кошка трётся о ноги, мурлычет и топчется на коленях, выпуская когти, перед тем, как свернуться в калачик и заснуть. Сейчас наука разобралась, что кошка даже лечит, а я с детства понимал это инстинктивно. У нас всегда была кошка, а то и две, я возился и с дворовыми кошками, кормил их, ласкал, даже лечил. Не даром, как я уже говорил, дети прозвали меня «кошкин папа». Правда моя дружба с кошками привела к тому, что однажды я заразился стригущим лишаем. Лечили тогда таким образом. Сначала облучили голову, и при мытье головы волосы выпадали клочьями. Ощущение было не из приятных. Тем более что тогда у нас не было ванной, и мама мыла мне голову в тазике. Потом оставшиеся отдельные волосинки врач выдёргивал пинцетом. Когда голова стала совершенно гладкой, мама мазала её какой-то противной мазью, укутывала газетой, а поверх платком. Через некоторое время голову мыли. И так несколько раз. Помню, родители опасались, что после облучения волосы вообще перестанут расти. Но получилось наоборот: волосы у меня выросли густые и вьющиеся. Даже сейчас у меня сохранились волосы, правда, не такие густые, но всё-таки сохранились.

Живопись

Первое моё соприкосновение с настоящим рисунком было, наверное, году в сороковом, когда мне было пять лет. Один из наших знакомых срисовал с коробки от папирос автомобиль. У меня и сейчас этот рисунок перед глазами. Судя по всему, это была известная «Эмка». Уже в то время меня поразил профессионализм рисунка. Он был выполнен штрихами и совершенно не был похож на те контурные рисунки, к которым я привык. Потом я увлекся рисованием, считалось, что я хорошо рисую, но прошло ещё много, много лет прежде, чем я смог рисовать так же.

В эвакуации в Алма-Ате я познакомился с интересной игрой, которая помогла мне в развитии навыков рисования и обращения с красками. Это солдатики. Эту игру придумал, вероятно, кто-то из родителей, скорее всего художник. Очень уж хорошо всё продумано (идея, размер, форма, конструкция). Вся одежда снималась, оружие вынималось из ножен. Всё было из бумаги, какую удавалось достать. Чаще всего это были чистые страницы из школьных тетрадей. У солдатиков снимался также шлем или шляпа, кольчуга, рубаха, ремни, пистолет вынимался из-за пояса. Единственное, что рисовалось на основе, это штаны и обувь и то не всегда. Я как-то сделал ковбоя, у которого всё снималось, включая штаны и сапоги. К тому времени я уже рисовал достаточно хорошо, чтобы самому делать солдатиков. Не было красок и кисточек. У меня были какие-то краски в керамических коробочках. Знакомые, зная, что я рисую, приносили иногда какие-то остатки красок. Всё шло в дело. Я пытался делать краски из подручных материалов. Кое-что получалось. Кисточки же я делал из волос, которые выпрашивал у сестры. Сам я был пострижен наголо, вероятно, из соображений гигиены.

Сейчас, когда я захожу в магазины и вижу изобилие красок и других материалов для художника, я вспоминаю даже не военные годы, а совсем недавнее советское время, когда я увлёкся живописью, и мне приходилось всё доставать по крохам. Краски, кисти, холст, вообще, всё, всё было большим дефицитом. Даже сейчас мне обидно задним числом за нашу советскую жизнь, за то, что многие годы пропали почти впустую. Что говорить о красках? Не было самого необходимого.

В школе я всегда был в редколлегиях в качестве художника. Сначала мы выпускали стенгазету «Зеркало». А в старших классах «Головомойку». Мой товарищ писал эпиграммы и стихи, а я рисовал карикатуры и саму газету. Впоследствии товарищ и в самом деле стал писателем, а я совсем не художником, а простым советским инженером. Единственный мой рисунок из юношества, который, кстати, сохранился у моего товарища – это его портрет. Между прочим, похож. Недавно я был в гостях у товарища в Нью-Йорке и с удивлением увидел мой рисунок у него на стене в рамке. Товарищ сохранил рисунок и привёз его с собой в эмиграцию. У товарища же сохранились и номера нашей газеты.

Соседом у товарища по коммунальной квартире был художник Яков Ольшанецкий. Дядя Яша. В коридоре стояли картины лицевой стороной к стене. Сразу после войны у многих сохранились маленькие потёртые фотографии погибших, и люди заказывали у художников рисованные портреты с этих фотографий. Я обратил внимание, как дядя Яша срисовывает с фотографии. Он разбивал фотографию на квадратики и будущий портрет тоже уже на большие квадраты, и потом срисовывал соответственно по квадратам. Срисовывая, я взял этот метод на вооружение. Позже, став взрослым, я увлёкся живописью и нуждался в советах профессионала. Товарищ посоветовал мне обратиться к дяде Яше. Я пришёл к нему в студию, у него уже была своя студия на берегу моря. Дядя Яша меня сразу узнал, показал мне некоторые свои работы, посмотрел то, что я ему принёс, между прочим, сдержано похвалил некоторые работы и отвечал на мои вопросы. Вопросов у меня было много. Дело в том, что я выискивал в воспоминаниях художников все мелочи, связанные с живописью. Много ценного я получил из воспоминаний Коровина, моего любимого художника. У одного из советских классиков я прочёл, что при написании портрета он применяет, условно говоря, четыре краски: охру светлую, охру красную, кобальт синий и белила. Я попробовал, и результат меня удовлетворил. Просто, не будучи ещё художником, я думал, что при написании какого-то цвета надо применять соответствующие краски. Другую тонкость я обнаружил в воспоминаниях известного офтальмолога академика Филатова. Оказывается, он тоже увлекался живописью. Он подошёл к изучению приёмов живописи оригинально. В частности, он решил до всего дойти самостоятельно. Например, он открыл известное всем художникам правило не применять белила при написании теней. В общем, я спрашивал дядю Яшу о всех этих тонкостях.

- Я пишу обычным набором красок, в том числе и портрет, в тенях же я применяю и белила, но очень мало, - сказал он. В дальнейшем я и сам понял, что надо смелее писать так, как мне хотелось, не особенно обращая внимания на известные каноны.

Дяде Яше уже было, наверное, за восемьдесят, и он очень переживал за будущее своих картин. Он хотел передать свои картины какой-то из галерей. Стены студии были увешаны его работами от пола и до потолка. Иногда, в два слоя. Я обратил внимание на этюд, который я помнил ещё с детства. Дядя Яша набросал этюд с мамы моего товарища, которая стояла у плиты их коммунальной кухни. Видя, что я обратил внимание на этот этюд, он сказал:

- Видишь, всего лишь этюд, а, как похоже.

Дядя Яша до конца жизни оставался местечковым евреем, поэтому идейные картины, которые требовали в советское время, у него не получались. Писал дядя Яша в основном натюрморты и портреты, иногда пейзажи. Техника у него была очень высокая. Дядя Яша не увлекался всякими модными течениями, а писал в старой доброй манере русских художников конца девятнадцатого века. Правда, в последние годы он начал писать более яркими красками. Работал он над картиной долго, тщательно, часто переделывал. В углу студии валялось всякое старьё: посуда, настольная лампа, скрипка, куски бархата и пр. Эти вещи он использовал для своих натюрмортов. При этом все эти старые и поломанные вещи на его картинах начинали сиять и превращались в дорогие коллекционные образцы. Он показал мне ещё не законченный натюрморт с фруктами и сырым мясом. Всё было прекрасно выписано. Я осмелился сказать, что фрукты с мясом как-то не смотрятся, и, на удивление, он согласился со мной и сказал, что уберёт мясо. Он показал мне каталог своих картин. Рассказал, что его картины находятся во многих странах, а в последнее время скупают почему-то японцы. Собственно, что тут удивительного? Картины дяди Яши были очень высокого качества. Как обычно, в союзе начинают ценить мастера уже после его смерти. Японцы же быстро разобрались и, приходя к нему в студию, часто покупали ещё не законченные картины, как говорят, на корню. Я видел его картины в Одесском русском художественном музее. Теперь, когда прошло уже больше десяти лет, как его не стало, начали появляться статьи о нём. Его уже называют старейшим русским живописцем.

В армии я был редактором полковой стенгазеты. Я выпрашивал у товарищей заметки, несчадно их переделывал, ну, и, естественно, рисовал.

Собственно, я один и делал газету. Потом начальство забрало меня в штаб. Я оформлял карты перед учениями, оформил учебный класс для офицеров. Из материалов по иностранным армиям я делал плакаты, которые были развешаны в классе. За работу по оформлению класса мне дали отпуск на десять дней, и я побывал дома. В тире я писал маслом панораму: город с морем. Офицеры шутили, что это Одесса. Перед панорамой ставили мишени, и в прицеле танка всё видно было как настоящее. В армии я рисовал в альбоме. Этот альбом сохранился у моего сына. В армии же я поступил во Всесоюзный заочный университет искусств, и какое-то время получал от них учебные материалы и отсылал им контрольные работы. Но серьёзной учёбы не получилось. Серьёзная учёба началась, когда сын подрос. Мы всегда в детях хотим реализовать свои несбывшиеся мечты. Поэтому я уговорил сына поступать в художественную школу. Мы сделали с ним несколько рисунков, которые я показал в приёмной комиссии. Надо было ещё сдать экзамен. Перед ребятами поставили натюрморт, и надо было его нарисовать. Я ждал в коридоре вместе с другими родителями, которые переговаривались между собой. И тут мне стало страшно и обидно. Оказывается, многие родители перед поступлением брали учителей, которые работали в этой школе. Они знали требования и натаскивали детей. Мы же совершенно не готовились. Каково же было моё удивление, когда сына приняли в школу. Мы с женой в то время уже были в разводе. Я встречал сына из школы и провожал его до автобуса, который шёл в микрорайон, где он жил с мамой. Так мы общались.

Художественная школа была при известном художественном училище им. Грекова. Там же была и художественная студия, которую я начал посещать. Собственно, тогда я и начал серьёзно заниматься живописью. Большим подспорьем в изучении техники живописи была книга, которую мне подарил сотрудник. Эту книгу написал выдающийся знаток техники живописи проф. Д. И. Киплик. В этой книге были описаны материалы для живописи, приёмы живописи, в том числе и техника великих мастеров. Один из автопортретов я сделал в технике Эль-

Греко. Получилось не очень хорошо. Дело в том, что его техника предполагает умение хорошо рисовать. А у меня, к сожалению, рисунок хромает. В то время ничего не было в свободной продаже. С большим трудом я собрал необходимый набор красок. Во время своих командировок я везде искал краски, кисти и прочее необходимое для художника. Однажды мне повезло и я, будучи в Москве, купил листы грунтованного финского картона. Кисти приходилось изготовлять самому. Я покупал большие кисти, которые ещё можно было найти, и делал из них кисти необходимого размера. Я сделал себе также несколько этюдников и таскал один из них с собой в поездках во время отпуска. Писал этюды. Однажды студия организовала поездку на природу в прекрасные места для художников на севере одесской области. Там были и речки, и лес, и поля. Мы провели там две недели и непрерывно писали и рисовали. Под конец я уже не мог прикасаться к краскам. Но прошло некоторое время, и интерес к живописи возобновился. Многие этюды у меня сохранились. Интересная особенность: картинами, которые я писал дома, я не очень дорожил и многие раздарил или продал, а вот этюдами я дорожил особенно и почти всё сохранил. Из окна нашей коммунальной квартиры в Одессе по примеру импрессиониста Моне я написал две одинаковые картины, но в разное время года: одну летом и одну зимой. Картины получились очень удачными. Зимняя выставлялась на выставке в Одессе, и я не успел её забрать, когда уезжал из Одессы, а летняя сохранилась, она сейчас у сына. Кстати, её посылали в Москву на всесоюзную выставку народного творчества. Я был в то время в Москве, но картину в экспозиции не видел. Оно и понятно, кого из советских людей может интересовать наш убогий одесский двор? Помню, серьёзные дамы и мужчины восхищались картинами какой-то колхозницы, которая просто не умела рисовать, а о ней говорили, как о стороннице примитивизма. Я думаю, она бы сильно удивилась, услышав такие научные термины.

Я вспомнил интересный и поучительный эпизод. Начитавшись литературы, я переживал, что мои картины выполненные красками, которые мне удавалось достать, со временем потемнеют. Судя по всему, других посетителей студии тоже волновал этот вопрос, так как кто-то спросил совета нашего преподавателя. Помню его ответ, который поставил нас на место:

- Пишите, как попало и чем попало. Если вы напишите шедевр, наши потомки найдут способ сохранить вашу работу в лучшем виде.

Один из отпусков я проводил в санатории в Закарпатье. Как-то, гуляя по окрестностям, я набрёл на свежескошенное поле. В поле стояли стога, на переднем плане видны были цветы, небо от горизонта вверх закрыто было туманом. Так что казалось, будто земля у горизонта обрывается. Вид и особенно стога мне понравились, и я стал писать этюд. Когда всё уже было почти готово, я поднял глаза к небу и обомлел: высоко над собой я увидел выступающие из тумана вершины гор. Зрелище было настолько неожиданным и величественным, что у меня перехватило дыхание. В оцепенении я смотрел, как туман медленно опускается, обнажая горы сверху вниз. И тут я опомнился и, боясь не успеть, начал лихорадочно набрасывать вершины гор.

Этюд получился неплохой, многим он нравится. Но, если бы вы видели, как было на самом деле!

Писал я также и портреты. Мне это нравилось, и я часто просил знакомых позировать мне.

Однажды я начал писать молоденькую девушку. Через некоторое время она, смущаясь, сказала, что не может позировать, что мой взгляд её смущает.

- В каком смысле? – не понял я. И тут я вспомнил, что, когда Серов пытался написать портрет своей матери, она расплакалась и отказалась позировать. Помню, когда я прочитал об этом, я не совсем понял, в чём дело. Сейчас я догадываюсь. Дело в том, что художник рассматривает свою модель совершенно беспристрастно. Он внимательно, даже слишком внимательно, вглядывается в подробности, как учёный рассматривает букашку в микроскоп. А это не тот взгляд, который нравится женщинам, тем более, матери.

Из написанных портретов, удачным, мне кажется, получился портрет жены на фоне ковра и некоторые другие.

Жалко, что многие портреты пришлось отдать тем, кого я писал.

Естественно, писал я и автопортреты, изучая на себе приёмы живописи и экспериментируя.

Без ложной скромности могу сказать, что писал я не хуже некоторых профессиональных художников, работы которых я видел на выставках.

Сейчас я уже не пишу. Появился компьютер, появились цифровые камеры и интересы изменились. Да и трудно стало писать с полной отдачей, как говорится, на одном дыхании. А иначе получается не так, как мне нравится. Но интерес к живописи у меня сохранился. Бывая за границей, я осуществляю свою давнюю мечту увидеть любимых художников в оригинале. Я подолгу рассматриваю картины, рассматриваю с близкого расстояния, чтобы лучше видеть технику мастеров. Ищу в галереях Веласкеса, Ренуара и других импрессионистов, моих любимых художников.

Я на своей персональной выставке

Музыка

Моё увлечение музыкой началось, когда мой товарищ поступил в музыкальную школу. Он был из интеллигентной семьи. У них в квартире был маленький рояль-роялина, и родители учили его музыке. Когда я приходил к нему, он честно отрабатывал свой час, изучая гаммы и прочие музыкальные премудрости. Я терпеливо ждал окончания занятий. У него я и познакомился с начальной музыкальной грамотой. Товарищ же и научил меня «собачьему вальсу», естественно, и, кстати, более серьёзным вещам. До сих пор я могу сыграть «французскую песенку» Чайковского, хотя не прикасался к клавишам лет сорок.

Следующим этапом стала армия. У нас в роте в красном уголке были различные музыкальные инструменты. В свободное время я пытался играть на баяне на слух, естественно, и что-то у меня получалось. Товарищ показал мне также несколько аккордов на гитаре. Когда я вернулся из армии, я купил себе аккордеон ростовской фабрики и проводил за ним много времени. Уроки рояля очень помогли мне в освоении аккордеона. Как видно, я неплохо научился играть на нём. Сужу по одному эпизоду. Однажды в студенческие годы нас послали в колхоз. В колхозе в один из дней была свадьба. На свадьбе был аккордеонист. Играл он очень плохо, и ребята попросили меня поиграть. Весь вечер я играл. Ко мне подходили со стаканом вина и просили сыграть какую-то песню. Бравируя, я выпивал стакан, ставил его рядом и играл. В конце свадьбы я насчитал шестнадцать пустых стаканов. Сейчас я прикинул, сколько это получилось. Гранёный стакан вмещает двести грамм. Подносили мне, наверное, не полный стакан. Даже, если это было около полстакана, получается почти два литра. Согласитесь, два литра вина за вечер - совсем неплохо. Конечно, я сильно опьянел, но голова работала. Когда ночью я возвращался в свою хату, я помнил, что справа была яма, и чтобы не упасть в неё, сделал большой крюк. После возвращения из колхоза я уже не мог играть на своём аккордеоне. В колхозе я играл на немецком, а у меня был наш, советский. Я чувствовал очень сильно разницу. Купить немецкий не было денег, поэтому я продал свой, купил гитару и дрынькал на ней то, что выучил в армии.

Однажды мне попалась хорошая книжка с аккордами для гитары. По этой книжке я составил таблицу простых аккордов и мог профессионально себе аккомпанировать. В дальнейшем я купил себе дорогую немецкую гитару с нейлоновыми струнами. Лучшей гитары не было в продаже. У неё был густой сочный звук, и играть на ней было легче из-за нейлоновых струн. Я получал большое удовольствие, играя на ней. Дальше произошла, так сказать, трагедия. У нас росла дочка, которая плохо ела. Для кормления её жена использовала разные игрушки и интересные предметы. Однажды она взяла мою драгоценную гитару. После кормления гитара вся оказалась в каше. Я не мог этого выдержать и в порыве гнева продал её. Взамен я купил более дешёвую болгарскую, которую не так жалко было. Конечно, я совершил ошибку. После немецкой на этой гитаре я уже не мог играть. Кстати эта гитара у меня сохранилась до сих пор и благополучно пылится на шкафу с оборванными струнами.

Когда дочка поступила в музыкальную школу, у меня начался следующий этап увлечения музыкой. Я настраивал ей скрипку, делал с ней уроки. Раньше я не очень любил скрипку, но постепенно начал её понимать и любить. У дочки, вроде бы, не было хорошего слуха, но постепенно слух, как говорят, прорезался и достиг очень высокого уровня. Однажды во время урока к учительнице пришла её дочь, которая училась в консерватории.

- Хочешь посмотреть, что мы умеем? – спросила она свою дочку. – Мила, отвернись, - попросила она мою дочку. Потом она нажала на какую-то клавишу и спросила:

- Какая эта нота?

- Ми, - ответила моя дочка.

- А эта?

- Соль.

- А эта?

- До.

- Ты так можешь? – обратилась учительница к своей дочери. Её дочка только рассмеялась.

Наша дочка закончила шесть классов, когда мы собрались в Израиль. Я купил дорогую красивую скрипку ручной работы. В Израиле, естественно, было не до учёбы. Вначале дочка брала ещё частные уроки, но потом и ей и нам надоело, и с учёбой было закончено. Кстати, эта скрипка также пылится рядом с гитарой. Продать её жалко, может быть, внучка заинтересуется. Кстати, у внучки отличный слух. Когда она ещё не умела ходить и разговаривать, она подпевала своей музыкальной игрушке и покачивалась в такт музыке. Сейчас ей три года. Я ей ставлю мультфильмы, и она подпевает песням. Мы с ней также любим петь её песенки.

Сейчас я уже ни на чём не играю и специально не слушаю музыку. Но слушать люблю и люблю мурлыкать себе под нос во время работы и, вообще, постоянно. Постоянно же у меня в голове крутится какая-то мелодия.

Спорт и йога

Особых способностей к спорту у меня не было, но меня всегда интересовали некоторые виды спорта. В школе я серьёзно увлекался шахматами и среди сверстников играл очень хорошо. Мы с товарищем покупали бюллетени чемпионатов и разбирали разные партии. Играл я спокойно, не рисковал, но, увидев комбинацию, взрывался, что было неожиданно для соперника. Если же верной комбинации я не видел, то продолжал играть в спокойной манере, цепко удерживал даже маленькое преимущество, которое удавалось выиграть или же противник жертвовал ради атаки и, в конце концов, я обычно выигрывал. Своей вязкой игрой я не умышленно провоцировал соперника на рискованные действия, соперник терял терпение и ошибался. Со стороны, наверное, моя игра была не интересная. Я вспомнил один эпизод по этому поводу. У моей старшей сестры были многочисленные поклонники. Они заигрывали со мной. Зная, что я играю в шахматы, один из них предложил мне сыграть с ним. Ну, и я проиграл, причём не по игре, а просто прозевал фигуру. От обиды я расплакался. Парень сильно растерялся. Как сейчас помню его растерянное лицо, он оглядывался на сестру и родителей и не знал, что делать. Однажды на уроке я увидел перед собой не ребят, а шахматные фигуры. Я испугался и решил больше не заниматься шахматами серьёзно. Но интерес к шахматам у меня не пропал. Так, в армии я даже был чемпионом полка, правда, соперников особых не было. Зам полка по спорту имел первый разряд, но он не участвовал в играх, он был судьёй. Кстати, это был уникальный человек в спорте. Он был мастером спорта по лыжам и имел первые разряды по боксу, плаванию, бегу, стрельбе, гимнастике, шахматам и ещё по каким-то видам, я уже не помню. Люблю смотреть, как играют в блиц, и иногда успешно подсказываю. Люблю смотреть, как играют комбинационно, хотя сам я так не играл. Просто, как я уже говорил, я человек не рисковый.

Любил я плавать. В то время берег в Одессе во многих местах был свободен. Летом мы жили на даче в Люстдорфе, так его называли одесситы, хотя в советское время эту деревушку именовали как-то по-другому. Я ходил один на море поплавать. Я не боялся воды и заплывал очень далеко, берег уже был виден как узкая полоска. Мимо проходили суда и, как я сейчас понимаю, такое плавание было рискованно. Однажды я возвращался после такого заплыва уставший, был сильный прибой, и я никак не мог выбраться на берег. Людей не было, и никто бы мне не помог. Из последних сил рывком я вырвался из волн. Я долго лежал на песке, приходя в себя. Но урок мне не пошёл, я продолжал заплывать далеко. Странно, но с возрастом у меня пропал интерес к морю. Живя у моря, я годами не прихожу на пляж. Не нравится мне Средиземное море, не нравится здешнее ядовитое солнце, не нравится здешний песок и камни, в общем, это не моё Чёрное море.

Одно время я увлекался гимнастикой. Это было в армии. На перекладине я мог силой выйти в упор. Знающие люди знают, как это трудно. Правда, весил я всего шестьдесят килограмм, не теперешние семьдесят шесть.

Увлекался я стрельбой и стрелял довольно неплохо. Из трёх патронов, которые нам выделяли, я выбивал двадцать девять, то есть две десятки и девятка. Любил я пистолет, но и из других видов оружия стрелял неплохо.

В институте я посещал секцию вольной борьбы. Я был трудным соперником. Боролся я, как и играл в шахматы, спокойно, не рискуя, и вдруг взрывался, что было неожиданно для соперника. Тренер, как видно, возлагал на меня надежды и ставил мне в пару ребят более тяжёлых. Однажды, проводя приём, у меня хрустнула шея и пошла кровь изо рта. Через пару дней я возобновил тренировки. Тренировки были вечером, пока добирался домой, пока засыпал после тяжёлой нагрузки, а утром надо бежать в институт. У меня поднялось давление, и врач запретил мне тренироваться, как он сказал, на время. На этом закончились мои занятия борьбой.

Я чистый правша, правая рука у меня и сильнее и ловче. Это я к тому, что правой рукой я вырывал штангу в сорок пять килограмм, а двумя руками всего шестьдесят.

Плохо я бегал и прыгал через коня.

Одно время я увлекался бегом трусцой, и у меня что-то получалось, как видно, я понял эту технику. Каждый день я бегал двадцать минут, а в выходные час.

Лет десять я регулярно занимался йогой. А потом ещё несколько лет всё уменьшал и уменьшал время занятий под разными предлогами, пока не прекратил совсем. Откуда-то наши ребята нашли молодого мужчину, который был мастером спорта по гимнастике. Однажды он сорвался с перекладины и повредил позвоночник. Год он лежал в гипсе. Жил он тогда на Дальнем Востоке. Его лечил профессор, который до этого изучал йогу в Индии. Он и поставил этого парня на ноги. От этого же профессора он перенял многое из йоги, а потом ещё самостоятельно изучал. Так что этот парень в наших глазах был профессором по йоге.

Он начал с нами проводить занятия. Я всё время вёл конспект. Примерно год он с нами занимался, а потом начальство запретило эти занятия. Тогда ещё всё запрещали. Если джаз запрещали, то, что говорить о йоге? Тем не менее я увлёкся, находил какие-то книги и занимался, как я уже говорил, лет десять. Я составил толстый конспект с рисунками поз и подробным описанием. Этот конспект у меня ещё сейчас на полке. Кое-что из йоги я и сейчас применяю. Так, после работы я расслабляюсь, что даёт мне возможность быстро отдохнуть.

Сейчас жена меня заставляет хотя бы ходить, как делает она и наши знакомые, но у меня совершенно нет желания тратить время и силы, хотя, наверное, надо бы. Впрочем, мнение, что физические нагрузки полезны для здоровья, мне кажется, преувеличено. Я знаю много примеров, когда человек, ведущий малоподвижный образ жизни, доживал до глубокой старости, и столько же примеров, когда спортсмен умирал от инсульта или инфаркта в молодом возрасте. Как я понимаю, главное то, что дал тебе, как говорят, бог при рождении. Йога, которую я изучал, рекомендует прислушиваться к своему, подчёркиваю, к *своему* организму. Если кому-то необходимы физические нагрузки, и он получает от них удовольствие, на здоровье, а если физические нагрузки в тягость и не доставляют удовольствие, насиловать себя не надо.

Радиолюбительство

Мой первый приёмник я собрал, когда мне было лет десять-двенадцать. Может быть, потому что ничего не было в продаже, в то время в разных журналах и в отдельных книжках описывали разные поделки. Я интересовался всем, что можно было сделать самому. Я где-то прочитал, как сделать детекторный приёмник, и с энтузиазмом принялся за дело. Всё в этом приёмнике надо было изготовить самому. Катушка склеивалась из бумаги, при этом болванкой служила бутылка. Переменный конденсатор представлял собой две фанерки, на которых наклеивалась фольга. Одна фанерка была неподвижная, а вторая сдвигалась вдоль первой. Так происходила настройка. Даже детектор надо было изготовить самому. Я уже не помню подробности, кажется, но не уверен, сплавлялся свинец с серой. Получалось вроде камушка. Его разламывали и в разломе иголкой находили самый чувствительный участок. В общем, приёмник был величиной с коробку из-под обуви. Но он работал. Я получал большое удовольствие, слушая его. По ночам, когда местную станцию отключали, я ловил и другие станции. Чтобы родители не ругались, я лежал с открытыми глазами и дожидался двенадцати, потом брал к себе приёмник. Слушать станцию не на русском языке было похоже на волшебство. Через много лет я собрал детекторный приёмник величиной со спичечный коробок. После детекторного я собрал ламповый, причём тоже многие детали приходилось изготовлять самому. Один из ламповых приёмников я сделал величиной с книгу. Он был собран на двух пальчиковых лампах. Питался он от батареи. Этот приёмник я брал с собой в колхоз, когда был студентом. Так как приёмник был прямого усиления, избирательность его была плохая и близкие мощные станции мешали, но от колхоза местные станции были далеко и не мешали, и я слушал заграницу. Когда появились транзисторы, я начал собирать транзисторные приёмники. Это сейчас, когда коробочка размером с небольшую записную книжку вмещает в себя одновременно видеотелефон, радиоприёмник, видео и аудио проигрыватель, записывающее устройство и, наконец, видеокамеру и фотоаппарат, никого не удивляет. А в то время даже маленький по тем меркам приёмник был размером с небольшой шкафчик. О видео и радиотелефоне только мечтали. Проигрывающее устройство (магнитофон) было размером с небольшой чемодан, ну, и т.д. и т.п. Поэтому, когда за границей появились первые транзисторные приёмники, не было предела восторгу. У родителей моего товарища появился такой приёмничек. Я держал его в руках, как чудо. Наша промышленность всё время отставала, и транзисторные приёмники долго ещё не выпускала. Поэтому радиолюбители начали самостоятельно изготовлять транзисторные приёмники. И я был в их числе. И тоже, миниатюрных деталей не было в продаже и приходилось необходимые детали делать самому. Я сам изготовлял конденсаторы, динамики, трансформаторы, катушки. Некоторые вещи я покупал на "толкучке", так назывался знаменитый вещевой рынок в Одессе. Чего там только не было! Я ходил вдоль ряда с радиодеталями со списком необходимых деталей и подбирал себе необходимый комплект для очередного приёмника.

Здесь я немного отвлекусь. Когда я женился, первая же ссора с женой как раз произошла на почве радиолюбительства. Кстати, когда знаменитого полярного радиста и радиолюбителя Кренкеля спросили, какие помехи для радиолюбителя самые тяжёлые, он, шутя, ответил – жена. И точно. В тот раз я топил печку, у нас ещё было печное отопление, и между делом разложил перед собой на табуретке недавно приобретённые детали для очередного приёмника. Детали были новенькие, красивые, такие у меня были впервые, и тут жена вышла ко мне и начала что-то говорить на повышенных тонах. Это был первый год нашей совместной жизни, ребёнка ещё не было и, вроде бы, не было каких-то важных дел. Что мешало жене? Никак не могу вспомнить. Сейчас, когда у меня есть большой опыт общения с женщинами, я думаю, ей мешало, что я занимаюсь своими делами и не обращаю на неё внимание. В общем, я вспылил и в приступе гнева бросил детали в печь. Жена сразу успокоилась, а я... я и сейчас через пол века после того случая с жалостью вспоминаю о тех дорогих для меня в то время деталях. Кстати, с этого случая начались наши ссоры, которые привели, в конце концов, к разводу через десять лет.

У меня был товарищ, который кончал радиотехнический институт. Он был профессионалом в этой области. Он мне доставал некоторые детали и помогал советами. К тому времени я выписывал журнал "Радио". В нём я и находил описание любительских конструкций.

Я мог поменять трубку в телевизоре. Однажды телевидение перешло на другие диапазоны, и по рекомендациям журнала "Радио" я переделал наш старый телевизор, чтобы можно было принимать новые диапазоны. Мог я и починить приёмник или телевизор.

Вершиной, так сказать, моего творчества был многоволновый транзисторный приёмник, который я собрал в корпусе от "Спидолы". Кроме традиционных частот он имел тринадцати, шестнадцати и девятнадцати миллиметровые диапазоны. В то время наши приёмники не выпускались с такими диапазонами, поэтому первое время их не глушили, так что можно было слушать без помех вражеские станции. В этом приёмнике я сделал и тридцати трёх миллиметровый диапазон. На нём я слушал Израиль и тоже без помех. Потом власти спохватились и глушили уже всё подряд. Мой приёмник имел очень высокую избирательность, поэтому я всё равно ухитрялся что-то поймать.

Занятия радиолюбительством помогло мне в работе здесь в Израиле. Электронные блоки для разработанного мною устройства я сам собирал и налаживал.

Астрономия

Как я уже писал, в мои детские годы ничего не было из того, что хотелось иметь. А иметь хотелось многое. Поэтому в то время самостоятельное изготовление имело большое распространение, печатались книги по самостоятельному изготовлению, имелись соответствующие рубрики в разных журналах. Имелись магазины, в которых продавали разные отходы или бракованные изделия. Всё это шло в дело. Я где-то нашёл описание самодельного телескопа из очковой линзы. Телескоп увеличивал всего в двадцать раз. Но и этого оказалось достаточно, чтобы наблюдать, например, луну. Было волнительно наблюдать лунные кратеры и горы. Позже я купил хорошую книгу: "Справочник астронома любителя". Это была толстая книга с иллюстрациями и картами. Благодаря этой книге я легко находил главные созвездия, полярную звезду. Я узнал, что Луна не вращается вокруг своей оси, что самая яркая звезда на небосводе совсем не звезда, а планета Венера. Даже в мой телескоп я уже видел её как шарик. В этой же книге было описание самодельного зеркального телескопа. Такой телескоп увеличивал в триста раз! Конечно, я взялся за его изготовление. Знакомый токарь сделал мне заготовку. По неопытности я просил сделать её не из алюминия, как рекомендовалось в книге, а из нержавейки. Когда я начал полировать заготовку, я понял, почему надо было делать зеркало из алюминия. Нержавеющая сталь совсем не поддавалась полировке. Пришлось отказаться от этой затеи.

Сейчас у меня хороший фотоаппарат. Он позволяет делать снимки с большим увеличением. Я снял им луну и отпечатал большую фотографию. Очень хорошо всё видно. Здесь в Израиле, и бывая за границей, я видел отличные телескопы на любой вкус. Стоят они не очень дорого. Я бы мог купить. Но для кого? Для себя вроде неудобно, всё-таки это игрушка. Дети не интересуются астрономией. Вот подрастёт внучка, я ей куплю и будем вместе играться.

Часто, сидя на балконе, я смотрю на луну, она меня завораживает и притягивает, особенно, когда я вспоминаю, что там были люди.

Сочинительство

В молодости меня мало интересовала жизнь моих родителей в прошлом. А ведь они жили ещё при царе, прошли революцию, все войны и остались живы. Когда родители ушли, я вдруг с опозданием понял, что почти ничего не знаю и о моих предках. Мой сын оказался умнее меня. Он начал составлять родословную, нарисовал семейный герб и расспрашивал меня о наших предках. К моему стыду я не мог рассказать много. И тогда я решил записать хотя бы то, что помню.

Постепенно я увлёкся, и после воспоминаний неожиданно даже для себя начал писать рассказы. Что-то начало получаться. Получилось несколько книжек, которые я отпечатал в местной типографии. Кое-что опубликовал на сайтах, и получил лестные отзывы. Как сказала моя умная внучка: «Раньше дедушка был художником, а теперь стал писателем».

- Как это вы вдруг начали писать? – удивился сосед, когда я дал почитать ему свою книжку.

- Надо же как-то всё составить…

И другие мои знакомые удивляются. А ведь всё совсем не вдруг. Ещё в школьные годы я участвовал в разных редколлегиях. Правда, в основном, рисовал. А вот в армии я уже был редактором полковой газеты. Я выпрашивал у ребят какие-то заметки и перерабатывал их в статьи. Фактически я сам и делал газету. То же было и в институте, где я был редактором факультетской газеты. Кстати, из армии я почти каждый день писал письма своей будущей жене. Когда я вернулся из армии, то увидел стопку своих писем. Жена сохранила наиболее интересные. Их было около трёхсот. Через несколько лет, когда мы разводились, я их уничтожил, чтобы никто их не читал. Я тогда погорячился, надо было просто забрать их с собой. Позже на работе мне приходилось много писать (я был начальником сектора), составлять технические условия, инструкции по эксплуатации и прочее. Есть ещё одно обстоятельство, способствующее развитию навыков письма. В детстве я был большим фантазёром и мечтателем. Причём все свои фантазии я проговаривал в уме. Привычка проговаривать будущие или прошедшие разговоры у меня сохранилась и по сей день. То, что я хочу записать, я несколько дней проговариваю в уме в разных вариантах. Потом я могу всё записать уже не обдумывая, а просто списываю то, что составилось в голове.

Так что не всё вдруг…